INVITATION

With wind and the weather beating round me
   Up to the hill and the moorland I go.
Who will come with me? Who will climb with me?
   Wade through the brook and tramp through the snow?

Not in the petty circle of cities
   Cramped by your doors and your walls I dwell;
Over me God is blue in the welkin,
   Against me the wind and the storm rebel.

I sport with solitude here in my regions,
   Of misadventure have made me a friend.
Who would live largely? Who would live freely?
   Here to the wind-swept uplands ascend.

I am the lord of tempest and mountain,
   I am the Spirit of freedom and pride.
Stark must he be and a kinsman to danger
   Who shares my kingdom and walks at my side.

(Composed in Alipore Jail, 1908–09)

초 대

나는 오르네, 언덕과 들판
휘몰아치는 사나운 바람, 혹독한 기후
누가 함께 갈까? 누가 함께 오를까?
계곡물 건너 눈밭 이기며

문과 벽에 갇힌 도시의
좁다란 울타리 안에 난 살지 않는다
내 위 창공에서 신은 푸르고
바람과 폭우가 나에게 맞선다.

나의 이 땅에서 나는
고독과 놀고 역경을 벗한다.
크게 살고자 하는 자여, 자유롭게 살고자 하는 자여
여기 바람이 휩쓰는 고지를 오르라.

나는 태풍과 산의 주인
자유와 자존의 혼
나와 이 왕국을 나누고 나의 곁에서 걸어갈 그대는
강인해야 하리 위험을 동족 삼아

(앨리포어 감옥에서 지음, 1908~09)

유쾌한 감옥

유쾌한 감옥

2010년 12월 31일 초판 1쇄 찍음
2011년 11월 9일 초판 3쇄 펴냄

지은이 오로빈도 고슈
옮긴이 김상준

펴낸이 윤철호
펴낸곳 (주)사회평론

편집 김천희, 김자영, 권현준
마케팅 서재필, 박현이
표지 디자인 김진운
본문 디자인 디자인 시

등록번호 10-876호(1993년 10월 6일)
전   화 326-1182(영업) 326-1543(편집)
팩   스 326-1626
주   소 서울시 마포구 서교동 247-14 임오빌딩 3층
이 메 일 editor@sapyoung.com
홈페이지 www.sapyoung.com

ISBN 978-89-6435-112-3 03890

유쾌한 감옥

THE TALES of PRISON LIFE

오로빈도 고슈 지음 김상준 옮김

사회평론

차례

앨리포어 감옥 이야기

폭탄 테러 사건

1908년 5월 1일 금요일, 차크라바티가 무자파푸르 시市에서 온 전송 기사를 건네주었을 때, 난 〈반데 마타람〉 지 편집실에 평안히 앉아 있었다. 기사 내용은 폭탄 투척 사건이 터져 유럽 여인 둘이 사망했다는 것이었다. 이어 나는 그날 자 〈엠파이어〉 지에 경찰청장이 이 테러 사건에 연루된 자들을 알고 있으며 그들은 곧 체포될 것이라고 공언했다는 기사를 읽었다. 그때까지만 해도 나는 경찰당국이 노리는 목표가 다름 아닌 바로 나라는 사실을 전혀 알지 못했다. 만행을 저지른 젊은 테러리스트들과 혁명가들의 배후조종자이자 비밀 지도자, 따라서 살인범들의 수괴首魁. 이것이 그들이 내게 덮어씌우려 했던 각본이자 딱지였다. 그날로 내 삶의 한 장章이 끝나고, 일 년 동안의 수감 생활이 날 기다리고 있으리라는 것을 나는 모르고 있었다. 그 기간 내내 나의 모든 인간관계는 멈추고, 사회의 안온한 품에서 격리되어 우리에 갇힌 한 마리의 짐승처럼 살아가게 되리라는 것과, 내가 다시 일상의 세계로 되돌아왔을 때 더 이상 과거의 익숙했던 나, 오로빈도 고슈가 아니게 되리라는 것도 전혀 예상하지 못했다.

'앨리포어의 성소^{聖所}'(앨리포어 감옥)를 나왔을 때 나는 새로운 행동의 길로 나서게 되는 새로운 성격, 새로운 지성, 삶, 마음을 지닌 전혀 새로운 존재가 되어 있었다. '일 년 동안의 수감'이라고 했지만 '일 년 동안의 숲 속 생활, 성소 또는 은자가 머무는 거처에서 보낸 삶'이라고 해야 더 적합할 것이다. 오래전부터 나는 내 마음의 위대한 주인의 참모습을 직접 접하기 위해 많은 노력을 기울였다. 그렇게 노력하면 세계를 품어주는 절대 존재를 친구이자 선생으로 만나게 되리라는 무한한 희망을 품었다. 그러나 엄청나게 많은 세속의 욕망에 끌리고, 여러 활동들과 무지의 깊은 어둠에 묶여, 결코 그 뜻을 이룰 수가 없었다. 그러나 결국 그 오랜 끝에 그 모든 적들을 단번에 부수고 내가 나의 길에 들어설 수 있도록 도움을 받았다. 나의 퇴거와 정신적 수련의 작은 공간, 영국인이 만든 감옥이 바로 그 신성한 수련장(ashram)이었던 것이다. 얼마나 이상한 모순인가. 그동안 나의 친애하는 친구들이 날 위해 많은 좋은 일을 베풀어주었지만, 나를 더 많이 도왔다고 할 수 있는 사람들은 나를 해하려고 하였던 나의 반대자들(내가 적이라 할 이가 없으니 누굴 적이라 하겠는가)이었다. 그들은 나를 감옥으로 떠밀어 구렁텅이로 굴러 떨어지기를 원했다. 그러나 나는 그곳에서 내가 그토록 원했던 것을 얻었다. 나를 향한 영국 정부의 격노가 만들어낸 유일한 결과는 내가 신을 찾았다는 사실뿐이다.

감옥에서 지낸 삶의 내밀한 일기를 풀어놓자는 것이 이 글의 목적은 아니다. 난 다만 외적 세부 사항들을 다루어보려 한다. 먼저 내 수감 경험의 주요 대목을 최소한 한번쯤은 글의 서두에 말해두는 것이 좋겠다. 독자들은 수감 생활이란 고통스러운 것 말고는 이야기할 바가 없으리라고 생각할 것이다. 불편이 없었다고 이야기할 수는 없다. 그러나 전반적으로 그 시간은 지극히 행복하게 흘러갔다.

그 금요일 밤, 난 아무런 걱정 없이 잠에 빠져들었다. 다음 날 새벽 5시쯤, 내 방문 앞에서 여동생이 아주 놀라고 흥분된 목소리로 날 불러 깨웠다. 난 일어났다. 다음 순간 그 조그마한 방은 무장한 경찰들로 가득 차버렸다. 형사 반장 크리건, 24지구 경찰대의 클라크, 늘 귀엽고 신나는 표정의 낯익은 베노드 굽타, 몇 명의 형사들, 붉은 터번을 쓴 군인들, 밀정들, 그리고 수색의 증인으로 동행한 몇몇 주민들. 저마다 피스톨을 쥐고 마치 무슨 중무장한 요새를 대포와 소총으로 포위 공격하러 달려온 영웅들이라도 되는 듯 그들은 사뭇 살기등등하고 의기충천한 모습이었다. 내가 직접 보지는 못했지만, 그 가운데 백인 영웅 하나가 어린 내 여동생의 가슴에 피스톨을 겨누었다는 이야기를 들었다.

"누가 오로빈도 고슈냐? 너냐?"

아직 잠에서 덜 깬 채 침대에 앉아 있는 내게 크리건이 물었다.

"그렇소. 내가 오로빈도 고슈요."

크리건은 즉각 경찰에게 날 체포하라고 명령했다. 그의 극히 무례한 언사 때문에 그와 나 사이에 몇 마디 설전이 오갔다. 난 우선 수색영장을 보여줄 것을 요구하여 그것을 읽고 서명했다. 영장에 폭탄에 관한 언급이 있는 걸 보고, 난 군인들과 경찰관들의 출현이 무자파푸르 사건과 연관되어 있음을 이해하게 되었다. 그러나 이해할 수 없었던 것은 내 집에서 폭탄이나 폭발물이 발견되지도 않은 상황에서, 그것도 체포영장도 없는 상태로, 왜 내가 체포되어야 하는지였다. 그러나 먹히지도 않을 항의는 제기하지 않기로 했다.

크리건의 지시에 따라 내 팔목엔 수갑이 채워지고 몸통엔 포승줄이 감겨졌다. 동네 경찰 한 명이 내 뒤로 붉은 포승줄 끝을 잡고 섰다. 그런 후 〈반데 마타람〉 지에서 편집일을 돕던 아비나시 바타차야와 사이렌 보스에게 역시 수갑을 채우고 포승줄로 묶어서 끌고 들어왔다. 한 시간 반쯤 후, 누구의 지시 때문인지는 모르겠지만, 그들은 내 수갑과 포승을 풀어주었다. 크리건의 무례했던 언사를 보았을 때, 애초에 그는 우리를 사나운 짐승들 같은 한 떼거리의 무식하고 거친 범법자들로 생각하고 있었고, 그래서 정중하게 행동하고 말할 필

스리 오로빈도 고슈

요가 없다고 단정했던 것 같다. 그러나 몇 차례 오간 날카로운 설전 끝에 이 영국 나으리는 조금 누그러졌다. 베노드 굽타가 크리건에게 나에 대해 뭔가를 설명하는 듯 했다. 그러고 나더니 크리건이 내게 물었다.

"당신 영국에서 대학을 나왔다며. 그렇게 제대로 배운 사람이 이런 형편없는 집에서 가구도 없는 방에서 잔단 말이야? 부끄럽지도 않나?"

"난 가난합니다. 가난한 사람들이 사는 대로 살고 있을 뿐입니다."

"그래서 부자가 되고 싶어서 이런 나쁜 짓을 했다 말이야?"

크리건이 버럭 소리를 질렀다. 이 따위 떡대만 좋은 영국인이 조국에 대한 사랑 또는 희생, 그리고 가난에 대한 서약이 지닌 숭고한 뜻을 이해할 리가 만무하다는 것을 이내 깨달았다. 난 더는 대꾸하지 않았다.

그동안 가택수색은 계속되고 있었으며, 다섯 시 반쯤 시작된 수색은 열한 시 반쯤 끝났다. 연습장, 편지, 스크랩, 내가 쓴 시, 희곡, 산문, 에세이, 번역물, 모든 것이 무지막지한 가택수색의 삽 끝에 찍혀 나와 어지러이 쌓였다. 가택수색에 대한 증인으로 따라온 사람들 중, 락싯 씨는 약간 분개한 표정이었다. 나중에 그는 한탄하면서 말하기를, 경찰들이 그를 질질 끌다시피 데려갔고, 도대체 그렇게 극악무도한 짓을 그가 거들게 되리라는 건 상상하지도 못했다고 했다. 특히 그런 목적을 위해 그가 어떻게 납치되었는지에 관해 아주 끔찍하다는 듯이 묘사했다. 반면 또 다른 가택수색 증인으로 따라왔던 사마나트의 태도는 사뭇 달랐다. 그는 진정한 영국 충성파임을 과시라도 하듯, 식민지 백성의 몸에 밴 굽신거림을 다하면서, 오히려 사뭇 즐기는 듯한 모습으로 주어진 역할을 열심히 해내고 있었다. 어쨌거나 결국 수색에서는 아무 흥미로운 것도 나오지 않았다.

한 가지 기억나는 것은 내가 닥시네슈와(콜카타에 있는 힌두 사원)에서 떠와 조그만 카드보드 상자에 담아 두었던 신성한 흙을 클라크가 의심에 찬 눈초리로 오랫동안 들여다보고 있었다는 것이다. 그는 그 흙이 뭔가 새롭고 엄청나게 강력한 폭발물이 아닌지 의심했다. 그 흙은 신성한 인도를 상징하는 것이니 어떤 의미에서 미스터 클라크의 의심에 전혀 근거가 없었다고 할 수는 없겠다. 결국에는 그 흙을 화학 분석반에 보낼 필요가 없다는 결론이 내려졌다.

난 몇 개의 박스를 열어보라고 해서 열어주었던 것 외에는 그 소란에 참가할 일이 없었다. 그들은 자신들이 끄집어 넣어 놓은 어떤 서류나 편지도 내게 보여주거나 읽어주지 않았다. 크리건 혼자만 흥이 나서 아락다리에게서 온 편지를 큰 소리로 읽어내렸을 뿐이다. 언제나 누구에게나 친근하게 구는 베노드 굽타가 사근사근하고 명랑한 태도로 방을 바삐 오가면서 선반 위와 방 구석구석에서 서류와 편지들을 찾아냈다. 그리고 "이거 아주 중요한 것입니다요, 아주 중요합니다요"를 연발하면서 크리건에게 바치곤 했다. 그 중요한 문서들이 도대체 무엇이라는 것인지 내게는 일언반구가 없었다. 나로서는 하나도 궁금할 이유도 없었다. 내 방에서 폭발물 제조법이나 어떤 음모에 관한 증거 따위가 나올 리 없었기 때문이다.

내 방을 쑥대밭을 만들어놓고 나서 경찰은 날 옆방으로 끌고 갔다. 크리건은 내 막내 고모의 상자 하나를 열었다. 편지 한두 개를 훑어보더니 이따위 여자들 편지질 하는 건 가지고 갈 필요가 없다고 했다. 그때 다른 경찰들이 1층에 나타났는데 크리건은 거기로 내려가 차를 마셨다. 나도 그곳에서 코코아 한 잔과 토스트를 받았다. 그동안 크리건은 자신의 정치적 견해에 대해 일장 설교를 늘어놓았다. 난 이 심리적 고문을 차갑게 견디어낼 수밖엔 없었지만, 육체적 고문 못지않게 그런 류의 심리적, 정신적 고문 또한 엄청난 고통이라는 점을 높으신 분 모두가 알아주시기 바라는 바이다. 특히나 높은 존경을 받고 계시는 이 나라의 벗 조게슈찬드라 고슈 님께서는 활약 중이신 입법의회에서 이 점을 반드시 제기해주시기 바란다.

1층의 방들과 〈나바샥티〉지 사무실에 대한 가택수색을 마친 후, 경찰은 다시 2층으로 올라와 〈나바샥티〉지 사무실의 금고를 열려고 하였다. 반 시간 동안 시도한 끝에 그들은 실패했고, 그 금고를 통째로 경찰서로 싣고 가기로 했다. 이번에는 경찰 한 명이 자전거 한 대를 찾았는데 쿠시티아(영국 관리들에 대한 저격 사건이 종종 발생했던 곳) 마크가 찍힌 철도 라벨을 달고 있었다. 그들은 이 자전거가 과거에 영국 관리를 저격한 바 있었던 남자와 관련된 아주 중요한 증거라고 하면서 반갑게 그 물건을 끌고 갔다.

열한 시 반쯤 우리는 집을 떠났다. 대문 밖, 차 안에서 내 외삼촌과 부펜드라나트 바수를 만났다.

"도대체 무슨 일로 체포된 건가?"

외삼촌이 물었다.

"모르겠습니다. 이 사람들이 방 안으로 들이닥치더니 바로 수갑을 채우고 체포하더군요. 체포영장도 보여주지 않았고요."

외삼촌이 왜 수갑을 채워야 했느냐고 물으니 베노드 굽타가 대답했다.

"선생님, 그건 제 잘못이 아닙니다요. 여기 오로빈도 님한테 여쭤보세요. 제가 영국 나으리께 말씀드려서 수갑도 풀도록 해드렸다니까요."

부펜드라나트가 혐의가 무엇이냐고 물으니 굽타는 제국형

법의 살인 조항을 언급했다. 부펜드라나트는 질겁해서 더 이상 아무 말도 묻지 않았다. 나중에 들은 이야기지만, 내 담당 변호사 히렌드라나트 다타가 나를 대신해서 가택수색에 참관하고 싶다고 요청했지만 경찰은 이를 거절했다고 한다.

베노드 굽타가 우리를 경찰서로 인계했다. 그곳에서 그는 우리를 아주 잘 대해줬다. 목욕을 하고 점심을 먹고 난 후 랄 바자로 인계되었다. 여기서 두어 시간 기다린 후 로이드 가術로 이동했는데, 우린 이 기분 좋은 곳에서 저녁 시간을 보냈다. 내가 처음으로 그 교활한 형사 몰비 샴스울알람을 만났고 또 이곳에서 그와 친근한 관계를 맺게 되었다. 그때까지는 그 위대한 몰비가 충분한 영향력도 에너지도 아직 확보하지 못한 상태였다. 그 폭탄 테러 사건 수사의 총책임자이자 이 사건의 담당 검사 노턴 씨의 오른팔로 (49명을 체포하고, 206명을 증인으로 법정에 세우는) 혁혁한 명성을 떨치게 되는 것은 어느 정도 시간이 지난 후의 일이었다. 그때까지는 람사다이가 주인공 역할을 하고 있었다.

몰비는 내 앞에서 종교에 대해 지극히 흥미로운 교설을 펼

쳤다. 그는 힌두교와 이슬람교가 똑같은 근본 교리를 가지고 있다고 했다. 그의 이야기는 다음과 같다. 힌두교의 오옴경(Omkara)은 세 개의 모음 A, U, M을 가지고 있고, 신성한 코란의 첫 세 문자는 A, L, M이다. 언어학적 법칙에 따르면 U는 L과 같은 것이다. 그러므로 힌두교도와 무슬림은 같은 만트라 또는 신성한 음절을 공유한다. 그러나 사람들은 자기 믿음의 유일성을 고집한다. 그래서 힌두교도는 무슬림과 같이 밥 먹는 걸 잘못이라고 생각한다. 그러나 진실한 것이야말로 종교적 삶의 중요한 부분이다. 영국의 높으신 분들은 오로빈도 고슈가 테러리스트 당의 우두머리라고 하는데 이는 인도에게는 수치요 슬픔이다. 그러나 올바른 길을 지킨다면 체면은 살릴 수 있다.

몰비는 아주 확신하여 말하기를, 베핀 팔이나 오로빈도 고슈와 같이 높은 학식을 가진 빼어난 인물들은, 그들이 무슨 일을 저질렀든 간에, 그 모두를 명명백백하게 자백할 것이라고 하였다. 우연히 그 자리에 동석하였던 푸나찬드라 샤스트리는 이 점에서 회의적이었다. 그러나 몰비는 자신의 확신을 거두지 않았다.

난 몰비의 지식, 지력, 그리고 종교적 열정에 즐거이 매료되었다. 내 편에서 말을 많이 하는 건 적절하지 않을 것 같아 예의를 지키며 그의 값진 설교를 경청했고 내 가슴에 이를 흔쾌히 담아 두었다. 그러나 이러한 남다른 종교적 열성에도 불구하고 몰비는 '형사'로서 자신의 소명은 결코 포기하지 않았다. 한번은 그가 이렇게 말했다.

"그 정원을 선생 막내 동생한테 폭탄 공장으로 내준 것은 큰 실수였어요. 그건 그렇게 영리한 행동이 아니었다고요."

그가 무슨 의도로 그런 이야기를 하는지 감이 왔고, 난 빙긋이 웃으며 말했다.

"선생, 그 마닉토라 정원은 내 것도 내 동생 것도 아닙니다. 내가 그걸 동생한테 넘겼다거나 더욱이 폭탄을 만들라고 내주었다고 누가 그러던가요?"

내가 태연히 말하니 몰비는 당황스러워하면서 대답했다.

"아니, 아니, 난 다만 선생이 만일 그렇게 했다면 그러할 것이라는 뜻이었어요."

그러더니 그 위대한 몰비는 자신의 자전적 스토리를 내 앞에 풀어놓았다.

  "지금껏 살면서 내가 이루어낸 모든 도덕적, 경제적 성취는 우리 아버지가 내게 주신 너무나도 완벽한 한마디의 도덕적 가르침에서 비롯된 것이라고 할 수 있지요. 아버지는 제게 언제나 가르쳐주셨습니다. '손 안의 이득은 절대로 놓치지 마라.' 이 위대한 말씀은 내 삶의 신성한 신조가 되었어요. 내가 지금껏 이룬 모든 것은 이 신성한 말씀을 한시도 잊지 않고 있었기 때문에 가능한 것이었죠."

  이 감동스러운 이야기를 펼쳐놓으면서 몰비는 나를 너무나도 빤히 그리고 코앞까지 다가와 들여다보았다. 그 때문에 난 마치 그 사람 앞의 맛난 고기나 기막힌 음식이라도 된 것 같은 느낌이 들었다. 말하자면 그의 부친의 신성한 조언을 따라 나라고 하는 '손 안의 먹이'를 결코 놓칠 수 없다고 다짐하는 것처럼 보였다.

  저녁이 되자, 그 굉장한(?) 람사다이 무코파댜이가 나타났다. 그는 내게 친절과 동정이 가득 담긴 말들을 늘어놓았고,

그 자리의 모든 이들에게 나의 음식과 잠자리에 특별히 신경을 쓰라고 당부하였다. 그가 말을 마치고 사라지자마자 어디선가 한 무더기 사람들이 나타나 나와 사이렌을 랄 바자의 구치소로 다시 끌고 갔다. 그때 밖은 비바람이 몹시도 거세었다. 그것이 나와 람사다이의 유일한 조우였다. 나는 그가 지적이고 활동적인 사람임을 알 수 있었다. 그러나 그의 언행, 어조, 걸음새, 모든 것이 거짓이고 부자연스러워 보였다. 마치 영원히 무대 위에 서 있는 사람처럼. 그 말과 몸, 행동이 거짓의 화신인, 그런 종류의 사람들이 있다. 그런 사람들은 미숙한 사람들의 마음을 휘어잡는 데는 귀신같은 재주가 있다. 그러나 인간과 인간이 갈 길을 알고 있는 사람들은 이런 부류의 사람들을 단번에 찍어낼 수 있다.

랄 바자 1층의 넓은 방에 우리 둘은 유치되었다. 간식이 나왔고 얼마 있자 영국인 두 사람이 방으로 들어왔다. 나중에 들은 사실이지만, 그들 중 한 사람이 경찰청장 홀리데이였다. 우리 둘이 함께 있는 것을 보고 홀리데이는 당직 경사에게 불같이 화를 냈다. 나를 손가락으로 가리키며 "아무도 이 자와 함께 있거나 말하지 못하게 해!"라고 소리쳤다. 사이렌은 즉각 다른 방으로 격리 유치되었다. 다른 사람들이 모두 방을 떠나고 난 후 홀리데이가 내게 물었다.

"이처럼 비겁하고 야비한 일에 연루된 것이 수치스럽지도 않은가?"

"무슨 권리로 내가 연루되었다고 가정하십니까?"

"나는 가정하지 않아. 모든 것을 알지."

"당신이 무엇을 알든 알지 못하든 그것은 내가 알 바 아니죠. 나는 이 살인 행위에 그 어떤 연관도 없습니다."

그날 밤 난 다른 방문객들도 맞이했다. 결국 경찰의 모든 주요 간부들이 방문했던 셈이다. 이 방문 이후 나에겐 미스터리가 하나 생겼는데 지금까지도 그것을 풀지 못하고 있다. 내가 체포되기 한 달 반 전, 처음 보는 신사 한 사람이 날 찾아와 이야기를 건넨 적이 있다.

"선생님. 우리가 만난 적은 없지만 선생님을 깊이 존경하고 있기 때문에 선생님 앞에 닥친 위험에 대해 경고해주기 위해 여기 왔습니다. 혹시 코난가르에 친한 사람이 있는지 알고 싶군요. 그곳을 방문하신 적이 있나요? 그곳에 집을 가지고 계십니까?"

"아니요. 그곳에 집이 없습니다. 그러나 한 번 간 적은 있고 그곳의 몇몇 사람들을 알게 되었죠."

"난 더 이상 말씀드릴 수 없습니다. 그러나 지금부터 거기에서 온 누구와도 만나시면 안 됩니다. 나쁜 마음을 품은 어떤 사람들이 선생님과 선생님의 동생 바린드라를 음해하기 위해 일을 꾸미고 있습니다. 그들은 곧 선생님을 위험에 빠뜨릴 것입니다. 더 이상 제게 다른 것을 묻지 말아주십시오."

"선생님. 이 알 수 없는 말씀이 저를 어떻게 도울 것인지 이해할 수는 없지만, 선생께서 선의를 가지고 왕림하여주셨기에 저는 깊이 감사드립니다. 제가 무엇을 더 여쭈어 알고 싶은 생각은 없습니다. 저는 신에 대한 깊은 믿음을 가지고 있습니다. 그분은 언제나 저를 보호해주실 것입니다. 제가 조심하기 위해 다른 무엇인가를 해야 할 필요는 없을 것입니다."

그 후 이 일에 대해 아무것도 들은 바가 없다. 그러나 나의 무사함을 빌어주었던 그 낯선 방문객이 공연한 망상을 품고 있었던 것이 아니었다는 사실을 그날 밤 나는 랄 바자에서 확실히 알게 되었다. 홀리데이가 떠난 후 수사관 한 명과 경찰관 몇 명이 나와 코난가르의 연관을 캐내기 위해 방문했던 것이다. 그들은 나에게 물었다.

"당신 원래 집이 코난가르에 있는가? 그곳을 방문한 적이 있나? 언제? 왜? 당신 동생 바린드라가 그곳에 재산을 가지고 있지?"

그리고 많은 질문들이 이어졌다. 이 질문들에 답하면서 난 오히려 내 쪽에서 그 미스터리의 뿌리를 캐내고 싶었지만 그 시도는 성공하지 못했다. 그러나 그들이 어떤 정보를 어디에선가 전달받은 것은 분명해 보였다. 타이마하라즈 사건 때 급진적 민족주의 지도자인 티락을 위선자요, 거짓말쟁이, 사기꾼이자 폭군으로 몰아가려 했던 시도와 비슷한 것으로 짐작되었다. 그때는 뭄바이 총독부가 이 일에 깊이 간여하여 거액의 공금을 낭비했던 것으로 밝혀졌다. 이번에는 나를 먹잇감으로 삼고 싶은 사람들이 있었던 것이다.

일요일은 종일 구금된 채 보냈다. 내 방 앞에 계단이 있었다. 아침에 몇 명의 젊은이들이 계단을 내려오는 것을 보았다. 처음 보는 이들이었지만, 이 사건과 관련하여 체포된 사람들일 거라고 짐작했다. 이들이 코난가르에 있던 마닉토라 정원에서 폭탄을 만들었던 젊은이들임은 나중에 알게 되었는데, 한 달 후 감옥에서 이들을 만나게 되었던 것이다. 조금 후 나 역시 아래층으로 끌려가서 간단한 세수를 했다. 랄 바자 구치소는 목욕 시설이 없었기 때문에 그곳에 유치되어 있는 동안 우리는 전혀 목욕을 하지 못했다. 점심으로 삶은 콩과 밥이 조금 나왔는데 삼켜보려고 애를 써보았으나 결국 넘어가지 않아 포기했다. 오후에는 찐 밥을 먹었다. 사흘 동안 먹었던 것이라고는 이것이 전부다. 그러나 한 가지는 꼭 덧붙여야겠다. 월요일이 되자 당직 경사가 내게 차와 토스트를 주었다.

나중에 알게 된 사실이지만 이 당시 내 변호사가 집에서 보내온 음식을 내가 먹을 수 있도록 사정해보았지만 경찰청장 홀리데이가 거부했다고 한다. 또 그 사건으로 기소된 사람들에 대해서 일체의 변호사 자문을 금지했다는 이야기도 들었다. 그런 조치가 과연 적법한 것인지는 알지 못한다. 설혹 변호사의 조언이 내게 어떤 도움이 되었다 하더라도, 나는 별 필요를 느끼지 않았다. 그렇지만 분명한 것은 이 사건에 연루된 다른 사람들에게는 이 변호사 접견 금지가 커다란 불이익을 주었다는 사실이다. 그들 중 많은 사람들이 억울하게 수감되고 무거운 형벌을 받았다.

월요일 우리는 경찰청장 앞으로 불려 나갔다. 바비나쉬, 사이렌도 나왔는데, 우리는 서로 다른 묶음으로 분류되어 있었다. 우리는 작년에도 〈반데 마타람〉지 기사가 폭동을 교사했다는 혐의로 잠깐이지만 한 번 수감되어 본 적이 있었고, 그때 우리 셋은 아주 잘 처신했다. 그래서 법률적 용어로 말꼬리를 빼고 잡는 데도 어느 정도 경험이 있었기 때문에, 우리는 청장 앞에서 어떤 혐의에 대해서도 인정하지 않고 잘 버텼다. 다음 날 우리는 행정관 턴힐 씨의 법정으로 나갔다. 여기서 처음으로 쿠마르 크리슈나 다타, 마누엘, 그리고 내 친척한 명을 만나게 되었다. 마누엘이 물었다.

"선생 집에서 의심스러운 문서들이 많이 나왔다고 경찰에서 말하던데요, 그 문서들과 편지들이 정말 선생 집에 있었던 것인가요?"

"그런 건 없습니다. 불가능합니다. 확실히 말씀드릴 수 있습니다."

물론 그때 난 나중에 언론에 공개되어 유명해진, 내가 아내에게 보낸 글 〈세 가지 사랑〉이나 〈메모〉에 관해 아무 것도 모르고 있었다. 난 내 친척에게 말했다.

"집안 사람들에게 아무 걱정 말라고 하세요. 내 무죄는 곧 밝혀집니다."

그때부터 줄곧 나는 그렇게 되리라는 확고한 믿음을 품게 되었다. 앨리포어 독방 수감 생활이 시작된 처음 며칠 동안은 내 마음에 얼마간 불편함이 있었다. 그러나 사흘 동안 기도와 명상을 한 이후 다시금 확고한 평화와 믿음이 내 존재를 휩쌌다.

턴힐의 법정에서 바로 앨리포어로 이송되었다. 그 이송 그룹에는 나라파다, 딘다얄, 헴찬드라 다스, 그 밖에 몇몇 사람들이 포함되어 있었다. 물론 나는 미드나포어에 있는 헴찬드라 다스의 집에 묵은 적이 있기 때문에 잘 알고 있었다. 이처럼 감옥으로 이송되는 과정에서 그를 다시 만나게 되리라고 그 누가 상상이라도 할 수 있었겠는가? 우리는 앨리포어 행정관의 법정에 잠시 내렸는데 행정관은 나타나지 않았다. 다만 이송관들이 이송인계 명령서에 서명을 받기 위해 멈췄던 것이었다. 우리가 다시 호송 마차에 올라탔을 때, 한 인도인 신사가 내게 가까이 다가오더니 작은 목소리로 말했다.

"선생에게 독방을 줄 거라고 합디다. 그렇게 지시가 내려졌으니 그렇게 될 거요. 아마도 선생이 앞으로 누군가를 만나기는 어려울 거 같습니다. 그러니 아는 분에게 꼭 전할 말이 있으시면 말씀하세요. 제가 전해드리겠습니다."

난 고맙다고 말했다. 그러나 전할 말은 이미 내 친척에게 다 한 후였으므로, 더 할 말은 없었다. 여기서 굳이 이 일을 언급하는 것은 그동안 내 나라 동포들이 내게 베풀어준 동정심과 전혀 예상치 않았던 여러 친절들에 대해 하나의 예를 들어보고 싶었기 때문이다. 우리는 법정에서 감옥으로 옮겨졌고 그곳 간수들에게 인계되었다. 감옥 안으로 들어가기 전에 우리는 목욕을 하고 죄수복으로 갈아입었다. 입고 있던 내복과 도티, 쿠르타(힌두식 상하의)는 세탁을 한다고 모두 수거해 갔다. 나흘 만의 그 목욕은 정말이지 천상의 열락이었다(인도의 5월은 매우 무덥다). 그 후 그들은 우리를 각각 배정된 감방에 집어넣었다. 내가 나의 감방으로 들어서기 무섭게 내 뒤로 철문이 닫혔다. 5월 5일, 앨리포어에서 수감생활은 그렇게 시작되었고 다음 해 5월 6일, 난 석방되었다.

앨리포어 감옥

가로 1.5m, 세로 2.7m 창문은 없고, 정면에 육중한 쇠창살 문. 이것이 내게 주어진 독방, 혼자만의 우리(cage)였다. 쇠창살 밖으론 작은 안마당이 보이는데, 그 바닥은 돌로 깔려 있고 높은 벽돌 담장으로 가로막혀 있다. 이 벽돌 담장엔 나무로 된 작은 문이 하나 있고, 눈높이의 그 문 꼭대기에 조그만 구멍이 하나 뚫려 있었다. 이 문이 잠기고 나면 간수들이 이 구멍을 통해 수감자를 감시한다. 그러나 내 경우, 그 나무 문은 보통 열려 있었다. 이런 형태의 독방 여섯 개가 연이어 있었는데, 앨리포어 감옥에서는 이를 '여섯 개의 법령(decrees)'이라 불렀다. 이 '여섯 법령'은 벌을 주되, 아주 특별한 방식으로 주기 위해 마련된 미니 동굴로, 판사나 교도소 소장의 특별 명령이 있어야 영광스럽게도 입방할 수 있는 감옥 안의 감옥이었다.

이런 격리 수감에도 차등이 있다. 가장 중죄인인 경우에는 안마당의 나무문을 항상 닫아놓는다. 그리하여 수감자가 바깥세상과 접촉할 통로는 오직 나무문의 작은 구멍, 그 구멍으로 간수가 빼꼼히 들여다보는 순간, 그리고 하루 두 번 사역 죄수가 음식을 주기 위해 들어오는 그때뿐이다. 나보다 더 흉 칙한 중죄인으로 취급된 헴찬드라 다스가 그런 처우를 받았 다. 독방 안에서 제공되는 특별 서비스도 있다. 손에는 수갑, 발목에는 족쇄를 채워주는 것이다. 거칠게 굴어서 감옥의 평 화를 어지럽힐 경우만이 아니라 노역에 나가 꾀를 부리거나 게으름을 피운다고 생각될 때 역시 이런 특별 대우가 제공된 다. 독방의 수감자에게 이런 식의 부가적 가혹행위를 가하는 것은 법의 정신에 위배된다. 그러나 영국 상품을 불매하고 인 도 상품으로 자급자족하자는 스와데시 운동이나 〈반데 마타 람〉지에 연루된 수감자들에겐 그런 법의 보호 따위란 허여 되지 않았고, 그들이 원하는 대로 자의적 형벌을 덤으로 씌우 곤 했다.

이러한 곳이 바로 우리가 머무는 투숙처였다. 너그러우신 식민당국은 우리가 이곳에서 지내는 데 아무 불편이 없도록 여러 시설에 세심한 배려를 하여주셨다. 먼저 나의 다정한 친 구가 된 식판과 사발 이야기를 하겠다. 식판은 잘 닦아놓으

오로빈도가 갇혔던 독방 감옥

면 은처럼 반짝반짝 빛나는 것이 내게는 큰 위안을 주는 물건이었다. 무결점의 영국 제국주의의 상징인 이 찬란한 '천상의 왕국' 안에서, 그 완벽한 반짝거림을 볼 때마다 나는 왕관을 향한 충성심에서 우러난 순수한 황홀감을 맛보곤 하였다. 그러나 불행하게도 은빛 식판 스스로도 그 황홀감에 취해서인지 조금만 잘못 누르거나 집었다 싶으면 아라비아의 춤추는 수도사처럼 뱅글뱅글 돌아버리곤 하였다. 그래서 이 식판에다 음식을 놓고 먹을 때는 한 손으로 한 귀퉁이를 꼭 붙잡고 있어야만 했다. 까닥 잘못하여 식판이 돌아버리기 시작하면 교도 당국이 하사해주신 그 훌륭하신 식사가 엉망이 되어버리기 때문이었다.

그러나 그 식판보다 더 귀하고 유용한 것은 사발이었다. 일개 물건이지만 그 그릇은 영국 시민과 같은 덕을 지녔다. 영국 시민이라면 무릇 모든 종류의 행정적 의무를 맡아서 수행해내는 데 적합하고, 또 그렇게 해야만 한다. 그것이 판사, 행정관, 경찰, 세금징수원, 지방의회 의원, 교수, 목사 뭐든지 당신이 그저 시키기만 하면 말이다. 그래서 영국 시민이라면 그 봉사 정신에 충실한 한 몸으로 수사도 하고, 기소도 하고, 치안 관리도 하고, 심지어 변호 업무까지 수행하는 것처럼, 나의 그 소중한 사발 역시 나의 모든 용도에 다 쓸모 있는 다용도 기능에 충실한 물건이었다.

이 물건은 일체의 카스트 제한이나 차별도 몰랐다. 우선 그 그릇을 이용해 손을 씻고, 이 닦을 때 목을 헹구고, 목욕까지 한다. 식사 시간이 되면 이 사발은 콩 수프나 야채 수프를 받는 데, 식사 후에는 물을 마시고 입을 헹구는 데도 쓰인다. 위대한 영국의 감옥이 아니라면 이와 같이 소중한 만능 물건을 어디서 찾을 수 있겠는가. 나의 온갖 속세적 필요에 다 복무하고 나면, 그 사발은 이번에는 나의 정신적 수련에도 유용한 물건이 되어주었다. 생리작용에 대한 혐오감을 해소해주기 위해 그 이상 더 좋은 조력자나 선생을 다른 어떤 곳에서 찾을 수 있었겠는가?

독방 생활의 첫 시기가 지나고, 우리가 함께 지내는 것이 허용되었을 때, 시민의 권리도 가지를 치게 되어, 교도당국은 나의 사적 용무를 해결할 또 다른 용구를 마련해주었다. 그러나 한 달 동안 난 그 '생리작용에 대한 혐오감'을 컨트롤하는 데 있어, 원하지 않았던 교훈 하나를 배우게 되었다. 배변을 하는 전 과정이 자기통제 기술의 완벽한 습득을 향하고 있는 것만 같았다. 그들은 말하기를, 단독 수감이란 특별한 형태의 형벌이라는 점을 분명히 해야 하는데, 이를 끌어가는 원칙으로 두 가지 금지가 있다고 했다. 즉 타인과의 접촉을 금하고, 열린 하늘을 보는 것을 금하는 것이었다. 그렇기 때문에 이 용변 용무를 감방의 외부나 열린 공간에서 보게 하게 하는 것은 이 원칙을 위배하는 것이다. 그리하여 타르를 먹인 두 개의 바구니가 감방 안에 놓였다. 아침과 오후 두 차례 노역 죄수가 이 바구니를 비웠다. 그런데 무슨 일이 있어서 우리 감방 안의 분위기가 들썩거리고 있거나 혹은 우리 중 누군가가 감동적인 일장 연설이라도 풀어놓고 있을 때면, 그 시간을 피해 다른 때에 와서 이 바구니들을 비워가곤 했다. 그러나 누군가 어쩌다 오물을 치워가는 타이밍에 맞추지 못하고 용무를 보게 되기라도 하면, 그 극도로 지독한 냄새를 벌이라도 받는 셈 치고 참고 견뎌야만 했다.

수감 생활의 후반부에는 이런 점에 관해서는 약간의 개선이 있었다. 그러나 영국식 개혁이라는 것이 시행상의 작은 변화는 있더라도 오랜 원칙에는 결코 손을 대지 않는 법이다. 그 좁은 방에 그런 방식으로 배치한 덕에 특히 밥을 먹을 때나 밤에 잠을 잘 때 심각한 불편을 감수하지 않을 수 없었던 점은 굳이 길게 이야기할 필요도 없다. 화장실이 거실에 붙어 있는 경우가 많은 것이 서양 문화의 일부라는 건 우리가 잘 알고 있는 바다. 그러나 그 좁은 감방에 침실과 식당과 변소가 한 덩어리가 되어 말려 있다는 것, 이것이야말로 좋은 것도 너무 많으면 지나친 것이라는 이야기를 증명해주는 사실 아니겠는가. 그처럼 극히 고도로 문명화된 시설에서 지낸다고 하는 것은, 특히 우리처럼 개탄스러운 비문명화된 관습에 절어 있는 인도인에게는 매우 고통스러운 일이었다.

그 밖의 물품으로는 조그만 양철 물통과 담요 두 장이 있었다. 조그만 물통은 안마당에 두었는데, 난 그곳에서 물통으로 목욕을 하곤 했다. 나중에는 물이 부족했지만 그래도 처음에는 이웃한 외양간의 기결수가 내가 원하면 물을 가져다주어 문제가 없었다. 그리하여 비록 감옥 생활의 내핍 속에서도 매일 목욕하는 시간만큼은 난 가구주로서의 호사와 함께 신체의 쾌락을 향유하는 짧은 여유를 만끽하였다. 다른 기결수들은 그렇게 운이 좋지 않았다. 그들은 하나의 물통으로 용변보고, 설거지를 하고, 목욕하는 데 썼다. 미결수들에게는 굉장한 호사가 허용된 반면, 기결수들은 한두 대접의 물로 목욕을 마쳐야 했다.

영국인들은 육신의 쾌적함을 신의 사랑과 같은 것으로 보아 이를 아주 귀한 미덕으로 생각하는데, 과연 감옥 규칙이 그러한 영국식 사고를 증명하는 식으로 되어야 할 것인지, 아니면 그 반대로 되어야 할 것인지, 다시 말해 미결수 때 익숙해진 목욕 맛을 기결수가 되면 빼앗아서 더욱 가혹한 상황을 감내하도록 해야 하는 것인지, 아니면 그 반대로 되어야 하는 것인지, 도무지 결정하기 쉽지 않은 문제다. 그 '영국식 사고'의 증명이 어찌되었든 간에, 교도당국의 미결수에 대한 이 관대하심은 기결수들의 '까마귀 목욕'으로 그만 몽땅 빛이 바래고 말았다. 인간이란 본성상 좋았던 것이 나빠지면 불만을 갖게 되어 있다.

먹는 물의 경우는 한 술 더 뜬다고 해야 맞을 것이다. 때는 무더운 여름이었고 내 작은 감방엔 바람 한 점 들어오지 않았다. 반면 오월의 작열하는 햇볕은 무섭게 쏟아져 들어왔고 온 감방이 오븐처럼 달구어졌다. 이럴 때 견딜 수 없는 갈증을 달래는 유일한 방법은 양철통의 미지근한 물을 마시는 것밖에 다른 방법이 없었다. 자주 마셨지만 갈증은 해소되지 않고 오히려 땀만 비 오듯 흘렸고 곧 다시 갈증이 타들어왔다.

그런데 안마당에 양철통이 아닌 흙으로 구워 만든 항아리가 지급된 감방이 몇 개 있었다. 이 감방의 수인들은 윤회의 수레바퀴 속에 있는 과거 그들 삶의 어려움들을 떠올리면서, 이제 새롭게 펼쳐진 삶에서 그들이 얼마나 넘치는 축복을 받고 있는지 감사드려야 할 판이었다. 개인의 노력으로 운명을 바꿀 수 있다는 것을 아무리 열렬히 믿는 사람이라 할지라도 이런 상황 속에서는 운명의 불가항력적인 힘을 인정하지 않을 수 없게 된다. 어떤 이는 항아리에 담긴 시원한 물을 마시고, 또 어떤 이는 깡통에 담긴 뜨듯 미지근한 물을 아무리 마셔도 갈증을 풀지 못한다. 밤하늘의 별님들께서 점지해주신 운명이 아니고 무엇이란 말인가?

그렇지만 양철통과 항아리를 배분하여 주심에 있어서 교도당국은 지극히 공평하셨다. 내가 무어라 하였던 것은 아닌데, 감옥의 마음씨 좋은 의사 선생이 내 갈증 문제를 심각하게 생각하고 이를 해결해주려 했다. 그는 나를 위해 흙으로 빚은 물 항아리를 구해보려 노력했지만 이 문제는 그의 관할이 아니어서 뜻을 이룰 수 없었다. 그의 지시를 받은 노역 죄수장이 결국 어디선가 물 항아리 한 개를 찾는 데 성공했다. 그러나 그때 이미 나는 갈증과의 오랜 투쟁 끝에 갈증을 벗어난 자유로운 상태에 도달해 있었다.

그렇듯 찌는 감방에 담요 두 장이 지급되었다. 베개는 없었다. 그래서 한 장은 깔고 한 장을 말아서 베개 삼아 잤다. 너무 더워지면 맨 바닥에 누워 뒹굴며 어머니 대지의 시원한 손길을 즐기곤 했다. 그렇지만 바닥에 눕는 것이 언제나 즐거운 일만은 아니었다. 잠들기가 어려웠기 때문이다. 그래서 난 바닥에서 뒹굴거리다 다시 담요 위로 올라와 잠을 청하곤 했다.

비가 오는 날은 특별히 즐거웠다. 그러나 비와 천둥이 칠 때면 강풍의 격렬한 춤(tandava nritya)이 방안을 먼지와 풀, 나뭇잎투성이로 만들고 결국 바닥을 물바다로 만들고 만다. 그렇게 되면 감방 안쪽으로 젖은 담요를 안고 피신할 수밖에 없다. 이렇게 한바탕 빗줄기가 지나간 후면 바닥이 마를 때까지 잠잘 생각은 거두어야 한다. 감방 안에서 물에 잠기지 않은 유일한 곳은 변기 옆이었다. 그러나 여기에다 담요를 펼 수는 없는 일이다. 이런 곤경에도 난 폭우를 좋아했다. 그 비바람이 방 안의 화로와 같은 열기를 몰고 가주었기 때문이다.

이제까지 앨리포어 국립 호텔의 상태를 묘사해 보였던 것은 내가 겪은 고초를 널리 알려보고자 하는 심사에서가 아니다. 문명화된 대영제국의 인도 통치하에, 미결수들에 대해 얼마나 특이한 처우가 행해지는지, 그리고 그것이 무고한 사람들에게 얼마만한 고통을 더하고 있는지를 밝혀 보이고 싶을 뿐이다. 내가 묘사했던 고초의 원인은 분명 그곳 앨리포어에 있었다.

그러나 신성한 자비로움에 대한 나의 믿음은 강렬했고, 그 고통들은 오직 처음 며칠 동안 존재했을 뿐이다. 그 이후 내 마음은 이러한 고통들을 넘어섰고, 그 결과 어떠한 고난을 느낀다는 것이 불가능한 상태에 이르렀다(어떻게 해서 그럴 수 있었는지는 후에 다시 언급할 것이다). 그래서 감옥에서 보낸 시간을 돌이켜 볼 때면, 분노와 슬픔 대신 웃고 싶어지는 마음이다. 괴상한 죄수복을 입고 감방 안으로 들어가야 했을 때, 그리고 우리가 묵게 된 곳이 돌아가는 상황을 대충 알게 되었을 때, 내 느낌이 그랬다. 난 사실 그때 마음속으로 웃고 있었다.

일찍이 난 영국인들과 그들의 역사적 행적들을 연구한 바 있었기 때문에, 그 사람들의 이상스럽고 불가사의한 성격적 특징들에 대해 이미 감을 잡고 있었다. 그래서 나에 대해 그들이 행동하는 방식을 보고 새삼스레 놀랄 것도, 불행함을 느낄 이유도 전혀 없었다. 보통 정상적인 경우라면 우리에게 했던 식의 행동들은 극히 교양 없고 무식하고 지탄받을 만한 것으로 간주될 것이다. 테러 사건 용의자로 잡혀 들어온 우리 일행은 모두 교양을 갖추고 있는 집안 출신들이다. 다수가 지역 유력자의 자손들이었고, 가문과 교육, 인격과 성품을 기준으로 보면 영국의 최상위 계급에 속하는 사람들이었다.

그런데 우리에 대한 기소 내용은 어떠한 것이었는가? 나라를 외국의 지배로부터 해방시키기 위한 봉기의 시도, 또는 무장투쟁의 모의謀議였다. 보통의 살인, 절도 또는 강도와 같은 일반 범죄와는 차원이 다른 것이었다. 한편 우리를 가두었던 주된 근거라는 것들은 경찰 측의 추정적 혐의들뿐이었는데, 많은 경우 유죄의 증거가 되기엔 너무나 빈약한 것들이었다. 그런데도 일반 절도범, 강도범들과 함께 섞어놓고, 짐승우리 같은 곳에 가두어 짐승 취급을 하고, 짐승들조차 외면할 음식을 주고, 제대로 씻지도 못하게 하면서 갈증과 배고픔, 빛과 더위, 비와 추위에 시달리게 하는 이 모든 처사들은 영국 국민들과 그 제국 관리들의 영광을 결코 선양시켜주지 못한다. 이는 영국인 성격의 민족적 단점이다. 영국인들은 크샤트리아 기질을 가지고 있다고 할 수 있는데, 적이나 반대자들과 상대할 때는 100% 지극히 사무적으로 돌변하여 무감각해진다.

인도의 민중

그렇지만 당시 난 이 모든 터무니없는 처사들 때문에 곤혹스러움을 느끼지 않았다. 오히려 반대였다. 교육받지 못한 일반 대중들과 나 사이에 아무런 차별도 존재하지 않는다는 사실에 오히려 행복감을 느꼈다. 더 나아가 그런 상황은 모성적 신성을 향한 나의 열렬한 헌신과 사랑의 불길에 기름을 끼얹어주는 격이었다. 요가를 연마하고 자아의 이중성을 넘어서기 위한 절호의 기회이자 우호적인 환경으로 그 상황을 받아들였다.

나는 부자와 빈자 사이의 평등과 민주주의가 민족주의의 중핵을 이룬다고 믿었던 열렬파(the extremists)에 속해 있었다. 1907년 우리 그룹이 국민의회당 연차 대회에 참가하기 위해 수라트행 열차를 탔을 때 우린 모두 3등 칸에 올랐다. 이론은 실천으로 옮겨져야 한다고 생각하면서 말이다. 당 대회 캠프에서 우리 그룹 지도자들은 일반 당원들과 같은 방에서 함께 잤다. 부자, 가난한 자, 지주와 농민, 브라만, 수드라, 벵골 사람, 마라타 사람, 펀자브 사람, 구자라트 사람, 모두가 함께 지내고, 자고, 먹었다. 모두가 같은 형제라는 놀라운 느낌을 나누면서 말이다. 우린 바닥에서 자고 쌀과 콩으로 쑨 죽을 먹었는데, 그 모든 것이 완벽하게 스와데시 정신에 부합했다. 뭄바이, 콜카타에서 온 외국물 먹은 유학파와 이마에 틸락(힌두식 점)을 찍은 마드라스 출신의 브라만이 한 몸이 되었다.

앨리포어 감옥에서도 꼭 같았다. 다른 모든 기결수들, 내 동포들, 농부들, 대장장이, 옹기장이, 돔(doms)이나 박디(bagdis)와 같이 아주 천한 카스트 사람들과 꼭 같이 살고, 겪고, 고통받았다. 이 속에서 난 거룩한 분께서 모든 사람들 속에 기거하시는 방식을 배울 수 있었고, 이러한 사회주의와 합일, 나라 전체를 포용하는 형제애에 대한 감각은 내 삶을 걸고 헌신할 대상을 세우는 데 깊은 흔적을 남겼다. 옥중에서 지내던 기간에 감옥의 동포 죄수들이 보여준 친절과 영국 공무원들의 공정성(?) 덕분에 나는 행복의 날이 다가오고 있음을 느낄 수 있었다. 우리 어머니 나라(the Motherland)의 형상을 한 세계-어머니(World Mother)의 성스러운 제단 앞에 이 나라의 모든 계층의 사람들이 한 마음으로 한 형제로서 자랑

앨리포어에서 기차를 타는 사람들

스럽게 고개를 들고 서는 그 날 말이다! 그러한 예감으로 나는 아주 큰 기쁨과 흥분을 느꼈다.

후일 나는 푸나의 〈인도 사회 개혁자〉라는 잡지가 어려울 것 없는 내 발언 하나를 비꼬아 "요즈음 우리는 감옥 안에서 '신 내림의 과잉'을 보게 된다"고 논평했음을 알게 되었다. 명성이나 쫓는 인간들의 무지한 자만심과 왜소함이란! 손톱만한 학식, 손톱만한 재주를 가지고 우쭐대는 모습은 얼마나 딱한 것인지! 감옥이 아니고, 오두막이나 검소한 수련원들, 가난한 사람들의 가슴속이 아니라면 도대체 신께서 그 모습을 나타내실 곳이 그 어디일 것이란 말인가? 부자들의 화려한 사원? 아니면 쾌락을 쫓는 이기적이고 세속적인 부류들의 안락한 침대 속? 신은 학식이나 명예, 지위, 대중의 갈채, 겉이 번드르르한 세련됨이나 멋들어짐을 높게 보지 않으신다. 가난한 자들에게 그 분은 동정심 많고 자비로운 어머니의 형상으로 자신을 드러내 보이신다. 모든 사람들, 모든 나라들, 비참하고 가난한 자, 타락한 자와 죄인들 속에서 그 분을 볼 수 있는 사람, 그리고 삶을 그 분을 향한 봉사로 바치는 사람,

이러한 사람들의 가슴속에 그 분은 깃드신다. 그렇기에 무너졌으나 이제 바야흐로 일어설 준비가 된 나라, 그러한 나라의 종복들이 갇혀 있는 독방 감옥 안이야말로 신께 가까워질 수 있는 곳이다.

간수가 내 방의 담요와 식판, 사발 등을 점검하고 나간 후, 난 담요 위에 앉아 눈앞의 정경을 바라보기 시작했다. 이 독방은 내겐 랄 바자의 구치소보다 훨씬 좋아 보였다. 거기에선 넓은 홀의 침묵이 분위기를 더욱 무겁게 했다. 이곳에선 감방의 벽들이 더 가까이 다가오는 듯하였는데, 마치 우주의 모든 곳에 그 손길이 뻗쳐 있는 브라흐마처럼 따뜻하게 감싸 안아 주려 하는 것만 같았다. 랄 바자 유치장의 그 높은 창문으로는 한 뼘의 하늘조차 볼 수 없었으니 도대체 바깥 세상에 나무와 풀, 사람, 동물, 새들과 집들이 있다는 걸 상상하기 어려웠다. 그러나 여기서는 감방 안마당으로 들어오는 문을 열어 놓았기 때문에, 창살 가까이 앉으면 문 밖으로 바깥의 열린 공간과 사역 죄수들의 움직임을 볼 수 있었다.

안마당의 벽을 따라 나무 한 그루가 서 있었고 그 푸른 잎

사귀들은 눈에 좋은 위안이 되었다. '여섯 법령' 감방들 앞을 순찰하던 간수의 얼굴과 발걸음 소리는 마치 벗이 마중 나와 반가워하는 인기척처럼 다정하게 느껴졌다. 감방 앞으로 인근 외양간의 죄수들이 풀을 먹이려고 매일 소를 끌고 지나가곤 했는데, 소나 소치는 사람이나 내겐 아주 즐거운 볼거리였다. 앨리포어의 독방 체험은 사랑에 관해서도 특이한 교훈을 주었다. 이곳에 오기 전까지 내 감정은 심지어 인간에 대해서도 상당히 좁은 범위로만 제한되어 있었고, 그렇듯 닫힌 감정의 울타리 안에 새들과 동물들이 포함되어 들어오는 경우는 극히 드물었다.

전에 시인 라비바부가 시골 소년의 소에 대한 깊은 사랑을 아름답게 묘사했던 것을 읽었던 기억이 있는데, 그때는 그 묘사가 과장되고 인위적인 것이 아닌가 생각했다. 그 시를 지금 다시 읽는다면 아마 그때와 다른 눈으로 볼 수 있을 것이다. 모든 창조물에 대한 인간의 사랑이 얼마나 깊을 수 있는지, 소나 새, 심지어 개미를 보고 사람이 얼마나 큰 기쁨을 느낄 수 있는지 난 앨리포어에서 배울 수 있었다.

꿀꿀이죽과 신성한 삼위일체

앨리포어에서 보낸 첫날은 평화롭게 지나갔다. 모든 게 다 새로워 즐거운 마음이 들 정도였다. 랄 바자의 구치소와 비교해 보면 지금의 상황은 행복할 정도였고, 내게 신에 대한 믿음이 있었기에 홀로 있음이 무겁게 느껴지지 않았다. 쌀겨, 돌가루, 벌레, 머리카락 등으로 범벅이 된 밥, 국물만 희멀건 편두 수프, 풀과 나뭇잎이 섞인 야채 등이 나오는 이 희한한 식사조차 내 기분을 바꾸어 놓지 못했다.

음식이 그처럼 맛없고 영양가 없을 수 있다는 걸 전에는 미처 몰랐다. 그 멜랑콜리한 시커먼 음식물을 바라보면서 난 경악했다. 공경하는 자세로 두 입 떠먹어보고 포기하고 물러섰다. 이 감옥의 모든 죄수들은 같은 음식을 배급받았고, 한 번 선보인 메뉴는 영원히 바뀔 줄 몰랐다. 풀만 먹고 사는 나라였다. 하루가 가고, 일주일이 가고, 한 달이 가도, 언제나 같은 풀, 편두, 쌀뿐이었다. 늘 같은 재료에서 다른 메뉴를 말해야 무엇하리요. 들어간 날부터 나왔던 그 날까지 한결같은 영원하심, 특이하게 안정된 물자체(thing in itself)이셨다. 단 이

틀 밤만에 이 식단은 죄수들에게 환영(maya)의 이 세계가 얼마나 부서지기 쉬운 것인지를 가르쳐주었다. 그러나 이러한 곳에서도 난 다른 이들보다 운이 좋았으니, 친절한 의사 선생이 병실에서 우유를 가져다주었기 때문이다. 그 덕택에 난 간간히 그 멜랑콜리한 풀죽을 대면하지 않아도 되었다.

첫날 밤 난 일찍 잠자리에 들었다. 그러나 이는 감옥 규율이 허용하지 않는 바였다. 이런 행동은 죄수들을 사치스런 단맛에 빠져들게 하기 때문이라는 것이다. 그래서 간수들이 교대할 때마다 요란한 소음을 냈고 죄수들이 응답할 때까지 이를 그치지 않았다. '여섯 법령'을 순찰하던 간수들 중에는 자신들의 이 같은 의무수행을 대충 눈감고 넘어가는 사람들도 있었다. 경찰 중에는 엄격한 책임감 이상의 어떤 친절이나 동정의 마음을 비치는 자들이 있게 마련인 것이다. 특히나 힌두스탄 출신 경찰들이 그랬다. 물론 모두가 그랬다는 것은 아니다. 이 자들은 오밤중에 자는 사람을 깨워 놓고는 "안녕하세요, 선생님?" 하고는 아주 걱정이라도 된다는 듯이 안부를 물었다. 이런 한밤에 봉창 뜯는 유머가 언제나 즐거웠던 것은 아니지만 난 그들이 단지 명령을 수행하고 있을 뿐임을 알 수 있었다. 처음 며칠은 짜증스럽기는 했지만 이 쇼를 가만두고 보았다. 그러나 결국 내 수면을 지키기 위해 난 그들을 꾸짖어야만 했다. 그러고 난 뒤로 야밤에 내 안부를 물어주는 이 괴이한 관습이 슬며시 없어졌다.

다음 날 새벽 4시 15분 기상벨이 울렸다. 이것이 첫 기상벨이다. 조금 후에 벨이 또 울리면 죄수들은 방에서 나와 줄을 서야 한다. 세수를 하고 꿀꿀이죽을 먹고 노역장으로 나간다. 종이 울려대는데 계속 잔다는 건 불가능한 일임을 알고, 곧 일어나 앉았다. 다섯 시가 되면 철창이 열리고 세수를 한 뒤 나는 다시 감방 안에 앉는다. 조금 있으면 꿀꿀이죽을 가져다주는데, 첫날은 그것이 어떻게 생겼는지 단지 바라보았을 뿐이다. 며칠이 지나고 나서야 난 그 '굉장한 성찬'을 맛보았다. 그 꿀꿀이죽이란 물과 찐쌀인데, 그걸로 죄수들은 아침을 때워야 했다.

삼위일체처럼 꿀꿀이죽은 세 가지 형상을 하고 있었다. 첫날 꿀꿀이죽은 지혜의 형상, 섞이지 않은 원래의 요소대로 순수하고 흰 시바신의 모습으로 나타났다. 둘째 날, 그것은 히라냐가바(우주의 창조자, 브라흐마 신)의 형상으로, 키커리라고 하는 편두와 섞여 노랗게 된 모습으로 나타났다. 셋째 날의 꿀꿀이죽은 비라트(비슈누신)의 얼굴로 나타나는데, 정제하지 않은 설탕과 섞여 회색빛을 띠었는데, 이건 그나마 사람이 입을 댈 만한 것이었다.

난 시바의 지혜나 히라냐가바가 지닌 창조의 힘은 보통 인간의 능력을 뛰어넘는다고 생각해왔기에 애당초 이쪽으로는 시도도 해보지 않았다. 그러나 비라트의 달콤함을 내 몸 안에 억지로 집어넣는 순간 난 황홀하게도 대영제국 통치의 이 찬란한 미덕들과 그 높은 경지에 있는 서구 인간주의의 참맛을 단번에 이해할 수 있었다. 벵골인 죄수들이 그나마 입에 넣어 영양을 취할 수 있는 것은 그 꿀꿀이죽뿐이었다. 그 역시 배고픔 때문에 삼킬 수 있었다. 그것을 삼킬 때마다 우리는 스스로 이것을 먹을 수 있다고 억지로 납득시켜야만 했다.

열한 시 반이면 목욕을 했다. 처음 사나흘 동안은 집에서 걸치고 있었던 옷을 그대로 입고 있었다. 목욕 때는 나를 돌보도록 지정된 외양간에서 온 죄수 겸 간수가 1야드 반 쯤 되는 거친 베옷을 가져다주었고, 난 내 빨래가 마를 때까지 이걸 걸치고 있었다. 이 죄수가 내 옷을 빨고 식기를 닦아주었다. 점심은 열한 시에 먹었다. 그 용변 '바구니'와 뜨거운 여름 햇빛을 피하기 위해 난 마당에서 점심을 먹었다. 간수는 이걸 제지하진 않았다. 저녁 식사는 다섯 시에서 다섯 시 반 사이에 나왔다. 이후 문은 닫힌다. 일곱 시엔 저녁 종이 울린다. 간수장이 간수들을 모아놓고 수감자들의 이름을 큰 소리로 부른다. 그 후 그들은 제자리로 돌아간다. 피곤한 죄수들은 유일한 낙인 잠에 빠진다. 이때는 또 마음 약한 자들이 자신의 불운을 슬퍼하거나 감옥 생활의 고초를 한탄하면서 눈물 흘리는 시간이기도 하다. 그런가 하면 신을 사랑하는 사람들은 이제 그분께 가까이 다가감을 느끼고, 고요한 밤에 기도와 명상을 즐기는 시간이기도 하다. 그러고 나면 신에게서 나온 이들 삼천여 명의 중생들, 동시에 이 사회체제의 비참한 희생자들은 이제 이 거대한 고문 기계, 앨리포어 감옥의 거대한 침묵 속으로 빠져든다.

수감 초기에는 나와 다른 관련자들을 다른 곳에 분리 수감하였기 때문에, 그 기간 동안 난 그들을 볼 수가 없었다. '여섯 법령' 뒤에는 두 열의 건물에 모두 44개의 감방이 있었다. 그래서 '44 법령'이라 했다. 대부분의 이 사건 피의자들은 이 두 열 중 한 열의 감방들에 수감되어 있었다. 그들은 한 방에 세 명씩 들어가 있어서 독방의 고통은 면했다. 그 맞은편 '법령'에는 몇 개의 큰 감방이 있었다. 여기에는 각 방에 최대 열두 명까지 수용할 수 있었다. 여기에 수감된 사람들은 아주 운이 좋았다. 여기선 밤낮으로 이야기하고 사람을 벗하며 즐길 수 있었다. 이런 즐거움을 박탈당한 사람이 있었는데, 바로 헴찬드라 다스다. 왜 저들이 그를 특별히 두려워하고 가혹하게 대하였는지 난 모른다. 다른 사람들과 격리해 그 역시 독방에 수감되었다. 헴찬드라는 그 이유가 경찰이 그를 항복시켜 유죄를 자백하게 하는 데 실패했기 때문이라고 생각했다. 그는 독방 마당 벽의 나무문조차 닫혀진 상태로 수감되어 있었다. 앞서 말했지만 이건 극단적인 처벌 방식이다.

때때로 경찰이 이런 저런 증인들을 불러오면 우린 불려 나가 '신원 확인 퍼레이드'를 해야 했다. 우리가 줄을 지어 서 있으면 '증인'이라는 사람이 와서 우리를 쭉 보고 "이 사람, 저 사람입니다"라고 확인해주는 것이다. 교도 당국은 다른 사건 죄수들과 우리를 섞어서 세워놓곤 했다. 누가 봐도 이 두 부류는 금방 구분되기 때문에 이는 단지 명목에 불과한 짓이었다. 한쪽은 한눈에 봐도 날카롭고 지성적인 반면, 다른 쪽은 남루하고 때 묻은 옷에 생기 없고 멍한 모습이다. 바보가 아니면 이 둘을 분간 못할 수가 없다. 그렇지만 우리는 이 행사를 싫어하지 않았다. 이 행사는 감방 생활에 일종의 활력소가 되었고 서로 말을 주고받을 수 있는 기회가 되었기 때문이다.

비록 그때 이야기를 나누지는 못했지만 체포된 이후 내가 처음으로 내 동생 바린드라의 얼굴을 볼 수 있었던 것도 이 퍼레이드 행사 때였다. 그럴 때면 나렌드라나트 고스와미가 내 곁에 자주 섰다. 그래서 그와 몇 마디를 나눌 수 있었다. 기가 막히게 잘생기고, 키가 크고, 튼튼하고, 살집이 통통한 편이었다. 그러나 눈빛은 악한 심성을 드러내고 있었다. 말씨에도 지성이 엿보이지 않았다. 이 점에서 그는 다른 젊은이들과 확연히 달랐다. 다른 젊은이들의 언어는 높고 순수한 생각들, 날카로운 지성과 자신을 바친 고결한 지향을 고스란히 담고 있었다. 반면 고스와미의 언어는 가볍고 어리석었으되, 이상한 활력과 뻔뻔한 대담함이 비치고 있었다. 그때 고스와미는 그가 풀려날 것이라고 확신하고 있었다. 그는 이렇게 말하곤 했다.

"우리 아버지가 소송엔 아주 전문가라고요. 경찰들은 상대가 안 돼요. 내가 유죄를 인정한 것도 경찰이 고문해서 한 것이니까 무효예요."

"넌 이미 경찰이 하자는 대로 다 인정해줬잖아. 네 무죄를 밝혀줄 증인이 있어?"

고스와미는 기죽지 않고 대답했다.

"우리 아버지는요 이런 게임을 수백 건이나 해봤죠. 증인이요? 그런 일은 식은 죽 먹기예요. 증언해줄 사람을 왜 못 구하겠어요."

바로 이런 사람이었기에 고스와미는 후일 밀고자가 되었던 것이다.

앞서 기소된 사람들이 겪는 많은 불필요한 고통과 어려움에 대해 말했다. 그렇지만 이 모두가 행형 행정 시스템의 일부일 뿐이라는 점을 덧붙여야겠다. 이 모든 고초가 그 담당자들의 개인적인 잔인한 심성과는 무관한 것이었다. 앨리포어 감옥의 행정을 맡고 있는 개개인들의 면모는 오히려 아주 정중하고, 친절하고 양심적이었다. 그러한 개인들의 면모 때문에 앨리포어 감옥은, 서구 감옥 체제가 갖고 있는 비인간적 야만성을 조금이라도 덜 수 있었다. 악 가운데서 조금이라도 선이 그 모습을 드러낼 수 있었던 것이다. 여기엔 특히 두 사람, 교도소장 에머슨 씨와 보조 의사 바이디아나트 채터지 씨가 중요했다. 한 사람은 이제 거의 사라진 기독교 이상을 체현한 사람이었고, 다른 한 사람은 힌두교의 핵심을 이루는 박애와 자선을 체화한 사람이었다.

에머슨과 같은 유럽인을 인도에서 본다는 것은 매우 힘들 뿐 아니라, 유럽에서도 그와 같은 사람은 흔치 않다. 그에게서 기독교 신사의 모든 미덕을 찾아볼 수 있었다. 평화를 사랑하고, 공명정대하고, 더할 나위 없이 관대하고, 흐트러짐이 없으며, 소박하고, 곧고 자신보다 못한 사람에게도 결코 법도를 잃지 않는다. 이런 사람은 늘 정중하고 예의 바르다. 그의 단점이라면 기력이 부족하고 행정적 효율에 무심하여, 모든 책임을 그저 간수들에게 떠넘기는 데 있었다. 하지만 이것이 큰 문제는 아니었다. 간수 반장 조겐드라가 능력 있고 효율적인 사람이어서 당뇨 때문에 고생하면서도 일을 잘 처리했기 때문이다. 또 그의 보스의 뜻에 맞게 잔인하거나 공정하지 않은 일이 벌어지지 않도록 유념했다.

그러나 조겐드라는 에머슨 정도로 큰 사람은 아니고 그저 뱅골의 하급 관료에 불과했다. 그가 아는 것은 다만 나으리의 기분을 맞추고, 의무를 효율적으로 행하고, 사람들을 조용히 다루는 정도였다. 그는 간수 일을 하기에는 너무 마음이 약한 사람이었다. 그는 이제 코코넛이 거의 손 안에 들어올 만큼 올라온 것과 다름없다고 이야기하면서, 다음 해 1월까지만 근무하면 연금을 탈 수 있게 된다고 여러 번 말했다. 그런데 그런 중차대한 시기에 도대체 종잡을 수 없는 사건과 관련된 아주 활기 넘치는 젊은이들이 떼거리로 감옥에 몰려들었다. 팔월까지만 해도 그는 잘 해냈다. 그때 감옥 감사를 나온 뷰캐넌 씨에게 그는 말했다.

"이번이 내가 녹을 먹는 동안 나으리가 감사 나오시는 마지막입니다요. 이젠 제가 연금 탈 일만 남았습니다."

아아! 인간의 눈 멈이여! 신은 고통 받는 인간에게 두 가지 위안을 주었는데, 하나는 미래를 어두움으로 덮어주셨고, 또 하나는 인간의 유일한 위안으로 눈먼 희망을 주셨다고 했던 시인의 말이 너무나도 맞다. 간수 조겐드라가 그 말을 하고 닷새 만에 변절자 고스와미가 카나이의 손에 피살되고 말았다. 이어 뷰캐넌의 감사는 빈번해졌고, 결국 조겐드라는 파면되고 말았다. 그 충격과 슬픔을 이기지 못해 가엾은 조겐드라는 그만 저세상으로 가고 말았다. 에머슨이 조겐드라와 같이 마음 약한 하급자에게 모든 것을 돌리지 않고 행형 개선에 앞장섰더라면 모든 상황이 훨씬 나아졌을 것이다. 물론 앨리포어 감옥이 단순히 벌을 엄격하게 집행하는 곳에 머물고 문자 그대로 지옥으로 추락하지 않았던 것만도 에머슨 씨의 성품 덕이지만 말이다. 에머슨이 고스와미 사건으로 전보된 이후에도 그가 유지했던 공정한 행형 방식은 완전히 사라지지는 않았다.

감방에 벵골인 조겐드라가 있었다면, 병실에 꼭 그와 같은 벵골인 의사 바이디아나트가 있었다. 바이디아나트의 보스인 달리 박사는 에머슨만큼은 아니지만 그 또한 신사였고 공명정대한 사람이었다. 그는 젊은이들, 소년들의 조용한 품행과 복종심을 높이 평가했고 젊은이들과 종교나 정치, 철학 문제를 놓고 토론하기를 좋아했다. 그는 아일랜드계 사람으로 아일랜드 민족의 자유롭고 감상적인 기질을 그대로 이어받았다. 그에게 나쁜 말을 할 생각은 전혀 없다. 화가 나면 거칠게 말하고 가혹하게 행동하기도 했지만, 전반적으로 그는 사람 돕는 것을 좋아했다. 감옥에서는 꾀병을 부리는 사람들이 많은데, 그렇다 보니 정말 아픈 사람도 외면하는 경우가 종종 있었다. 그렇지만 병을 확인하면 그는 항상 최선을 다했다.

한번은 내게 열이 있었다. 때는 우기雨期였다. 병실은 창문이 많고 통풍이 잘되는 넓은 베란다여서 시원했다. 그러나 난 병실에 가거나 약을 먹고 싶지 않았다. 사람의 병과 회복에 대한 내 생각은 한 번 크게 변했는데 그 후 난 약에 대한 믿음이 사라졌다. 병이 심각하지 않다면 자연이 스스로 자신의 방식으로 치료한다. 난 요가의 방법으로 자가 치료를 할 수 있음을 보여주고 싶었다. 그러나 달리 박사는 당장 병실로 가야 한다고 아주 열심히 주장했다. 그는 병실에서 날 아주 정성스레 돌봐주었고 식사도 집에서 먹는 것처럼 내주었다. 수감 기간에 내가 건강을 잃을까 염려하면서 달리 박사는 우기 동안 내가 병실에서 지내기를 원했다. 난 정중히 거절하고 다시 내 방으로 돌아가겠다고 우겼다.

그는 모두에게, 특히 튼튼하고 건강한 사람들에게도 잘 대해주었던 것은 아니다. 그는 그런 사람들이 아플 때조차 병실에 머무르는 것을 달가워하지 않았다. 그는 무슨 일이 생기면 그것은 반드시 그렇게 강하고 에너지가 많은 친구들 때문에 생긴 것이라는 잘못된 생각을 하고 있었다. 그러나 실제로 벌어진 일은 그와 반대였다. 병실에서 벌어졌던 고스와미 살해 사건은 늘 아프고 허약했던 사티엔드라나트 보스와 역시 자주 앓았고 조용한 성품의 카나이 두 사람이 저질렀다.

달리 박사의 성품도 좋은 편이지만, 그가 한 선행의 대부분은 바이디아나트의 제안으로 실행되었다. 난 지금껏 바이디아나트처럼 타인의 고통에 깊이 공감하는 영혼을 보지 못했고, 앞으로도 보지 못할 것 같다. 그는 마치 다른 사람을 돕고 선행을 베풀기 위해 태어난 사람 같았다. 누군가 고통을 받고 있다는 말을 들을 때마다 그것을 덜어주려 노력하는 것, 이것이 그의 억제할 수 없는 천성이었다. 고통과 비참으로 가득한 감옥 안에서 그는 마치 지옥불로 고통 받는 중생들에게 천상에서 떠온 열락의 물을 뿌려주는 사람으로 보였다. 누군가 어떤 불필요한 고통과 부정, 결핍으로 고생하고 있다면, 이것을 해결하기 위한 최선의 방법은 어떻게든 그 사실이 바이디아나트의 귀에 들어가도록 하는 것이었다. 그가 해결할 수 있는 문제라면, 그 문제가 해결될 때까지 쉬지 않았다. 바이디아나트는 마음속에 어머니 조국에 대한 깊은 사랑을 품고 있었지만, 식민지 정부 공무원으로서 그런 감정을 겉으로 표현할 수는 없었다.

그의 유일한 문제는 동정심이 너무 많다는 것이었다. 교도소의 관료로 이 점은 단점일 것이다. 그러나 높은 윤리적 기준에서 보면 이것은 인간성의 최선의 표현이자 신이 가장 사랑하는 자질이다. 바이디아나트는 일반 죄수들과 〈반데 마타람〉 관련자들 간에 어떤 차별도 두지 않았다. 누구든 아프면 병실에 두고 같은 치료를 베풀었고 완전히 회복되기 전까지는 돌려보내지 않으려 했다. 이 점이 그가 직업을 잃게 된 진정한 이유다. 고스와미가 피살된 후 조사단은 바이디아나트가 이 살해를 은밀히 방조한 것이 아닌지 의심했고, 그런 이유로 그를 파면했다.

이들 교도 관리들의 친절과 인간적 행동에 대해 특별히 언급할 필요가 있다. 나는 앞서도 우리를 가두었던 감옥의 배치에 대해 말했고, 앞으로도 영국 감옥 체제의 비인간적인 잔인성에 대해서는 서술할 것이다. 다만 이러한 구조적 잔인성이 이들 관료들의 악한 성품에서 비롯된 것이 아님을 분명히 하고 싶은 것이다. 그래서 이들 교도 관리들 중 관리자급 관료들의 성품에 대해 사실을 공정히 밝혀두는 것이다. 이어지는 초기 감방 생활 묘사에서도 이들의 따뜻한 성품에 관한 언급은 다시 나올 것이다.

마음의 고난

독방 수감 첫날의 내 마음 상태에 대해서는 앞서 말한 바 있다. 처음 며칠 동안 난 책이나 다른 흥밋거리 없이 강제적으로 격리된 시간을 보내야 했다. 나중에 에머슨 소장이 오더니 책이나 옷가지를 집에서 들여올 수 있도록 허가해주었다. 우선 교도소에서 잉크와 펜, 그리고 관용 편지지를 얻어내 〈산지바니〉지의 저명한 편집자이기도 했던 외삼촌에게 편지를 썼다. 입을 도티(허리에 두르는 면포)와 쿠르타(헐렁한 셔츠) 그리고 책들을 들여보내줄 것을 부탁했다. 요청한 책들 중엔 『바가바드기타』와 『우파니샤드』가 들어 있었다. 책들이 도착하기까지는 며칠이 걸렸다. 그때까지 난 독방 수감의 극악함 또는 위험스러운 잠재성을 깨닫기에 충분할 만큼의 여유 시간을 가졌다. 그동안 난 왜 아주 견고하고 훌륭한 지성들조차 그런 상태 속에서 무너져 내리고 실성 상태에까지 이르는지 이해할 수 있게 되었다. 동시에 나는 바로 그런 상태야말로 신이 주신 무한한 자비이자 흔치 않은 기회이기도 함을 깨달을 수 있었다.

수감 전에 난 아침저녁으로 한 시간 동안 명상하는 것을 습관으로 삼았다. 이런 독방에서는 아무것도 할 것이 없었기 때문에 더 긴 시간 동안 명상을 해보려 했다. 그러나 익숙하지 못한 사람에게는 천 갈래로 끌려 나가는 마음을 가라앉히고 다스리는 게 결코 쉽지 않은 일이다. 한 시간 반이나 두 시간 정도는 집중할 수 있었지만 더 길어지면 몸이 피곤해지면서 마음이 반란을 일으켰다. 처음에는 마음이 여러 종류의 생각들로 가득 찬다. 그러나 아무 대화 상대도 없고 마음을 모을 생각 거리도 없어지게 되면, 아무런 생기가 없는, 견디기 어려운 상태로 떨어진다. 그렇게 되면 마음은 점차 생각할 능력을 잃어간다. 수많은 불분명한 상념들이 마음의 입구에서 떠돌지만 그 문은 닫혀 있다. 한두 개의 상념이 그 문을 돌파해 들어오기도 하지만, 마음 내부의 침묵에 맞닥뜨리고는 그만 공포에 질려 조용히 다시 달아나고 만다.

　이런 불투명하고 멍한 상태에서 난 막대한 정신적 고통에 시달렸다. 마음에 위안을 주고 과열된 머리를 식혀보고자 바깥 자연의 아름다움을 바라보았지만, 덜렁 나무 한 그루, 창

쿠디람 보스. 무자파푸르에서 영국 행정장관을 목표로
폭탄을 투척한 18세 청년으로 교수형을 당했다.

살로 채 썰어진 하늘, 감옥의 축 쳐진 풍경들을 보면서 마음이 얼마나 위안을 받을 수 있겠는가. 그래서 빈 벽을 바라보았다. 그러나 생명 없는 흰 벽을 응시하는 것은 마음을 더욱 비참하게 만들었다. 갇혀 있는 고통을 알아차리게 되자, 두뇌는 안절부절못하기 시작했다. 다시 앉아 명상을 해보지만, 그건 이미 불가능한 일이었다. 아무리 애를 써도 거듭 좌절하고 나면 마음은 더욱 피로하고 무기력해지면서 크고 동시에 벌겋게 타거나 펄펄 끓는 상태가 된다.

주위를 둘러보다 마침내 크고 검은 개미 몇 마리가 바닥의 구멍 주위에서 움직이고 있는 것을 발견했다. 그리고 그걸 관찰하는 데 상당한 시간을 보냈다. 조금 있다가 조그마한 빨간 개미들도 발견했다. 곧 검은 개미와 붉은 개미 사이에 큰 전쟁이 벌어지고 검은 개미들이 붉은 개미들을 물어 죽이기 시작했다. 부당하게 짓밟히고 있는 붉은 개미들에 대한 강렬한 동정심과 그들을 돕고자 하는 마음이 치솟아 올라 이 녀석들을 검은 살육자들에게서 구출해내기 시작했다. 이 짓이 내게 할 일과 뭔가 생각할 거리를 주었고 개미들 덕분에 난 며칠을 그나마 무사히 보낼 수 있었다. 그러나 앞으로 길고 긴 날들을 채워나갈 길이 보이지 않았다. 자신을 상대로 한 토론을 해보려고도 하고, 면밀한 반성을 시도해보기도 했지만, 날이 지날수록 마음은 반란을 일으키고 황폐해갔다. 시간이 무거웠다. 견딜 수 없는 고문처럼. 그 압박에 짓눌려 심지어 자유롭게 숨 쉬기조차 힘들었다. 꿈속에서 적에게 목이 졸리고 있지만 손발을 움직일 힘이 없는 상태처럼.

이 상태에 이르러 난 스스로 놀라고 말았다. 물론 난 밖에 있을 때 게으르게 빈둥거리거나 아무런 할 일 없이 지내는 것을 결코 단 한 번도 소망해본 적이 없다. 그렇지만 홀로 숙고하면서 오랜 시간을 보내온 것도 사실이다. 단 며칠 갇혀 있었다고 이렇게 안정을 잃어버릴 만큼 내 마음이 약해져버렸다는 말인가? 홀로 있음도 강제냐 자발이냐에 따라 큰 차이가 있겠지 하며 생각했다. 자기 집에서 홀로 지내는 것과 타인에 의해 강제로 독방에 머물러야 하는 것은 전혀 다른 일이니까. 밖이라면 자신의 뜻대로 다른 사람들이나 책을 찾을 수도 있고, 친구들의 다정한 목소리나 거리의 소음, 만화경 같은 세상 잡사들 속에서 기쁨을 느끼고 편안해질 수도 있다. 그러나 이곳 독방의 수감자는 강력한 법규라는 수레에 묶이고, 타인들의 변덕에 종속되어, 다른 모든 접촉의 기회가 완전히 제거되어 있다.

옛말에 혼자서 사는 삶을 견딜 수 있는 자는 신이 아니면 짐승이라고 했다. 혼자 산다는 건 인간의 능력을 벗어나는 고행이라는 얘기일 것이다. 그 전까지 난 그 말을 믿을 수 없었다. 그러나 이제는 요가 수련에 익숙한 사람에게조차 혼자서 사는 삶을 견딘다는 이 고행은 받아들이기 쉽지 않음을 알 수 있게 되었다. 나는 이탈리아인이었던 국왕 살해범 브레치(Breci)의 소름끼치는 종말을 기억한다. 그를 심판했던 잔인한 재판관들은 그에게 교수형 대신 7년의 독방형을 선고했고 1년 만에 브레치는 미치고말았다. 그러나 그는 상당한 시간을 버텼던 셈이다. 내 정신력은 그다지도 나약했던가? 그때 난 신께서 나와 게임을 벌이고 계시며, 그 게임을 통해 내게 새롭게 필요한 교훈을 주고 계시다는 것을 아직 모르고 있었다.

우선 신은 독방에 수감된 수인들이 미치게 되는 마음의 상태를 내게 보여주셨고, 이를 통해 내가 서구 수감 행정 체제의 비인간적 잔인성에 맞서게 하시고, 그럼으로써 내 동포와 세계를 그와 같은 야만적인 길에서 벗어나 더욱 인간적인 수감 조직으로 나갈 수 있도록 내 온 힘을 다하게 하시려는 것이었다. 이것이 첫 번째 교훈이었다. 그때 난 15년전 영국에서 갓 돌아왔을 때의 일이 떠올랐다. 그 당시 나는 뭄바이의 〈인두 프라카쉬〉 지면에 당시 국민회의당의 청원 윤리에 반대하는 매우 비판적인 글을 몇 개 썼다. 이 글들이 젊은이들에게 반향을 일으키는 것을 본 저명한 법률가이자 초기 국민회의당 지도자였던 고故 마하데오 고빈드 라나데는 나를 만났던 30여 분 동안 내게 그런 글들을 쓰는 것을 포기하고 의회의 다른 일을 다루어보라고 조언했다. 그는 내가 감옥 개혁 작업을 맡아줄 것을 원했다. 그때 난 그 일이 먼 미래의 전주곡이었고 신께서 날 1년 동안 감옥에 두셔서 그 체제의 잔혹성과 불모성을 보게 하여 개혁의 필요를 절감하게 하실 것이라는 사실을 알지 못했다. 현재의 정치적 분위기 속에서는 감옥 체제에 대한 어떤 개혁의 가능성도 없음을 알고 있었다. 하지만 그때 감옥에서 내 양심 앞에 그 개혁을 위해 널리 논쟁하고 선전하여 미래에 독립한 인도에서는 서구적 질서의 지옥과 같은 낡은 제도가 결코 지속되지 않도록 하겠다고 결심했다.

난 신의 두 번째 목적 역시 이해했다. 그것은 내 마음 앞에 그 약함을 드러내보여 내가 영원토록 그 나약함에서 벗어날 수 있도록 하는 것이었다. 요가의 완성을 추구하는 사람에게는 혼자이거나 무리 속이거나 다를 것이 없으며 실제로 그 나약함은 불과 며칠 사이에 떨어져나갔다. 그 후 마음의 평정은 20년의 독방 수감이라 하더라도 흔들어놓을 수 없는 것이었다. 모든 것이 선한 섭리 속에서는 악에서도 선이 나온다.

신의 세 번째 목적은 다음과 같은 교훈을 주시려는 것이었다. 요가 수련은 개인의 사적인 노력으로 이루어지는 것이 아니라는 것, 믿음 또는 숭배의 정신 그리고 자신을 완전히 바치는 것이 요가의 완성에 이르는 길이라는 것, 그의 자애로우심으로 어떤 힘을 주시고 무엇을 실현해주시든, 이를 받아들이고 사용하는 것이 내가 추구하는 요가의 유일한 목적이라는 것.

　무지한 깊은 어둠이 사라지기 시작한 날로부터 난 감옥 안의 여러 일들 속에 신의 놀랍고 무한한 선하심이 어떻게 드러나고 있는지를 느끼기 시작했다. 크거나 작거나 아무리 사소한 일이라고 하더라도 그분의 선하심이 작용하지 않는 일이란 존재하지 않았다. 그분은 보통 한 가지 사건을 통해 서너 가지 목적을 한꺼번에 이루신다. 우린 보통 세상의 일이란 눈먼 힘이 움직이는 것이고, 그래서 자연에는 많은 부조리와 힘의 낭비가 있게 마련이라고 생각한다. 때문에 신께서 모든 곳에 거하시며 그의 섭리는 완전하다는 것을 믿지 않으려 든다. 그러나 이런 생각은 잘못된 것이다. 신의 섭리는 결코 눈먼 힘으로 작용하지 않는다. 또 그분의 힘은 터럭만큼도 낭비되는 법이 없다. 다만 그분께서 가장 작은 힘으로 여러 결과를 이루어내는 그 절제된 방식이 인간의 인지력 너머에 존재할 뿐이다.

연꽃잎에 떨어지는 물방울

마음이 생기와 안정을 잃게 되자 고통에 빠져 며칠을 보냈다. 그러던 어느 날 오후, 난 생각 중이었는데 생각의 흐름들이 끝없이 밀려들더니 갑자기 통제 불능 상태가 되어 무질서하게 뒤엉키기 시작했다. 내 마음을 조절하는 힘이 멈춰가고 있음을 느낄 수 있었다. 잠시 후에 내가 다시 나 자신으로 되돌아온 후 곰곰 돌이켜보니, 마음의 통제력이 멈추었던 그 순간에도 '지성'은 단 한순간도 스스로를 잃거나, 길을 벗어나지 않았던 것인데, 이것은 마치 지성이 이러한 놀라운 현상을 조용히 지켜보고 있던 것과 같았다. 그러나 그 순간에는 내가 실성한 것이 아닌가 하는 공포에 사로잡혀 그러한 지성의 관조 작용을 감지하지 못했다. 난 뜨겁고 간절하게 신을 불렀고, 내 지성이 사라지지 않도록 해달라고 그분께 기도했다. 바로 그 순간 내 존재 위로 부드럽고 서늘한 미풍이 퍼져나갔다. 동시에 열뜬 두뇌는 긴장이 풀어지고 편안한 상태가 되었고 이어 생전 처음 느껴보는 지상의 열락悅樂이 찾아왔다. 아기가 어머니 무릎 위에서 아무런 두려움 없이 안전하게 잠이

드는 것처럼 나 또한 세계-어머니(the World Mother)의 무릎 위에 누웠던 것이다.

그날 그 순간부터 감옥에서 겪는 내 모든 고통과 문제는 사라졌다. 물론 그 후 구금되어 있는 동안에도 독거 생활의 운동 부족이나 여러 신체 이상과 병, 그리고 요가 수련의 힘든 고비 등의 이유로 육체적, 심적인 불편이나 근심이 찾아오지 않았던 것은 아니나, 신께서 내 안에 깃든 존재에게 단 한순간에 매우 강한 힘을 주셨기에, 이러한 슬픔과 고통들이 오기도 하고 또 사라지기도 했지만 내 마음에 어떠한 흔적도 남기지 않았다. 바로 그 슬픔 자체 속에서 힘과 기쁨을 맛볼 수 있었기에 내 마음은 그러한 주관적인 고통에서 벗어나 안전했다. 그 고통들은 연꽃잎에 떨어지는 물방울처럼 아무런 흔적도 남지 않았다. 그렇기에 부탁한 책들이 도착하였을 때, 난 이미 필요를 느끼지 않게 된 상태였다. 수감 생활 중 책이 전혀 없더라도 상관없었을 것이다.

이 글의 목적이 나의 내적 삶의 편력을 드러내는 것은 아니지만 이 사실만은 빼놓을 수 없다. 긴 독방 수감 생활을 어떻게 행복하게 지낼 수 있었는지 이 하나의 사건만으로 설명이 충분하다. 신께서 이런 조건과 경험을 마련해주신 이유가 바로 그것이었다. 그분께서는 독방 생활이 사람을 미치게 만드는 것처럼 내 마음을 실성한 상태로 근접해가도록 하시되(그러나 진짜로 실성해버리지는 않도록 하시면서), 내 지성이 그 전 과정의 드라마를 흔들림 없는 관망자적 입장에서 지켜보도록 살펴주셨다. 이 경험을 통해 나는 힘을 얻었고, 고문과 잔인성의 희생자가 된 사람들에 대한 강렬한 공감과 동정을 느끼게 되었다. 아울러 기도가 갖는 놀라운 힘과 효험을 확인하였다.

　독방 수감 기간에 거의 매일 달리 박사와 그의 조수인 바이디아나트가 내 방에 와서 잠깐씩 이야기를 나누고 갔다. 내가 왜 그들의 특별한 호의와 동정을 얻게 되었는지 난 알지 못한다. 내 쪽에서는 별로 말을 하지 않았고, 그 사람들이 특별히 무엇을 물었을 때만 거기에 대답하곤 했다. 그들이 무슨 주제를 꺼내 이야기하면 난 조용히 들었고, 몇 마디 말하곤 다시 그쳤다. 그럼에도 그들은 계속 내 방에 들렀다. 어느 날 달리 박사가 내게 말했다.

"내가 그동안 날 돕고 있는 바이디아나트를 통해서 소장에게 선생이 아침저녁으로 감방 밖에서 산책을 할 수 있도록 해달라고 요청해왔습니다. 그게 이제 허락되었습니다. 난 선생이 하루 종일 이 좁은 감방에 갇혀 있는 게 마음에 들지 않거든요. 선생의 몸과 마음에 좋지 않습니다."

그날 이후 난 아침저녁으로 그 '법령' 앞의 빈 터를 거닐 수 있게 되었다. 오후엔 10분, 15분, 또는 20분 정도였고, 아침에는 한 시간 동안이었다. 어쩔 때는 두 시간 동안 머물렀다. 시간 제한은 없었다. 난 이 산책을 많이 즐겼다. 빈 터의 한편으로는 감옥 내 공업지대인 작업장들이 있었고, 다른 한편으로는 농업지대인 외양간이 있었다. 내 독립 왕국은 이 둘 사이에 있었다. 그 공업지대에서 외양간으로, 그리고 외양간에서 공업지대로 왔다 갔다 거닐면서 난 깊은 감동을 주고, 시대를 초월해 있으며, 강력한 힘을 주는 〈우파니샤드〉의 게송 偈頌(mantras)들을 조용히 읊었다. 또는 죄수들의 움직임을 바라보면서 모든 형상들 속에 신과 신성함이 내재한다는 근본

적 진리를 깨달아보려 했다.

게송들을 읊다보면 나무, 집, 벽, 사람들, 동물들, 새들, 금속들, 땅, 이 모든 것들 속에 브라흐마, 즉 창조를 주재하는 신이 있었고 이 모든 것들이 바로 브라흐마였다. 난 이 깨달음을 모든 사물에 적용하여 맞추어보았다. 이렇게 하다보면 감옥이 더 이상 감옥으로 보이지 않았다. 그러다보면 감옥의 그 높은 담장, 그 쇠창살들, 흰 벽, 햇볕 속에 빛나는 푸른 잎의 나무, 이 모든 평범한 사물들이 의식이 없는 상태에 있지 않고, 우주적 의식 속에서 진동하면서 나를 사랑하고 나를 포옹하고자 했고, 그렇게 느껴졌다. 사람들, 소들, 개미들, 새들이 움직이고, 날고, 노래하고, 말하고 있었는데 이 모두는 대자연의 놀이로써, 이 모든 것들의 뒤에는 위대하고 순결한 영혼이 차분한 거리를 두고 고요하고 청명한 열락 속에 존재하고 있었다.

한번은 신께서 그 자신이 나무 아래 서서 열락의 피리를 불면서 그 순수한 아름다움으로 나의 혼을 이끌고 있는 것 같았다. 언제나 누군가가 나를 안아주고, 나를 그의 무릎 위에 올려놓아주고 있는 것 같았다. 이러한 감정의 표출이 워낙 내 온 몸과 마음을 압도했기 때문에, 모든 곳에 순수하고 넓은 평화가 내려앉았다. 그것을 묘사하는 것은 불가능하다. 내 삶의 딱딱한 덮개가 열리면서 모든 창조물에 대한 사랑이 내 안에서 용솟음쳤다. 이러한 사랑과 함께 베풂, 친절, 비폭력 등과 같은 사트바(맑고 평화로운 기운)적 감정이 나에게 지배적이었던 라자스(공격적이고 움직이는 기운)적 기질을 압도하면서 모든 것이 평안히 풀어지는 것을 경험했다. 이러한 새로운 힘들이 더욱 발전되어 갈수록 구름 걷힌 평화의 감각은 더욱 깊어갔다. 재판이 어떻게 될 것인지에 대한 번민은 처음부터 사라졌고, 이제는 내 마음에 정반대의 감정이 둥지를 틀고 자리 잡았다. 신은 모든 것이 선하시다. 그분은 나를 위하여 감옥으로 이끄셨다. 나에 대한 혐의가 풀어져 내가 석방되는 것은 확실하다. 강한 믿음이 점점 굳어졌다. 이후 감옥에서 난 어떤 어려움도 겪을 필요가 없었다.

공판이 시작되다

이렇게 감정이 정돈되고 심화되기까지 며칠이 걸렸다. 법정에서 공판이 시작되었던 것은 바로 그 기간 동안이었다. 처음에는 독방의 침묵에서 바깥세상의 소음 속으로 끌려들어가는 것이 아주 불편하고 싫었다. 다섯 시간 동안이나 지루하고 재미없는 검사의 논고를 들어야 하는 것은 고역이었다. 법정에 앉아 있으면서 내면에 집중하려 하였지만, 익숙하지 않은 마음은 모든 소리와 장면들에 이끌려 결국 실패하고 말았다.

나중에 그런 상황에 대한 감정들이 변해, 나는 외부의 직접적인 소리와 시각이 마음을 흔드는 것을 막고 마음을 깊숙이 안으로 끌어당길 수 있게 되었다. 처음에는 이것이 불가능했는데 진정으로 집중할 수 있는 힘을 아직 충분히 개발하지 못했기 때문이었다. 그래서 그런 노력을 지속하는 대신 모든 피조물 속에 모습을 나타내시는 신을 바라보기로 했다. 그 이후로 나는 역경에 처한 동반자들의 말과 행동을 관찰하거나, 아니면 다른 일을 생각하거나, 때로는 담당 검사 노턴의 고귀한 논고에 귀 기울이거나 증인들의 발언까지 경청했다. 감방 안의 시간은 갈수록 쉽고 즐거워지는 반면, 군중들 속에서 죽느냐 사느냐를 다투는 심각한 정치 재판을 즐긴다는 건 쉽지 않은 일이었다. 그렇지만 기소된 젊은이들이 큰 소리로 웃고 활기차게 행동하는 것을 보는 것은 정말이지 즐거운 일이었다. 그밖에 법정에서 보내는 시간이란 귀찮기만 한 것이었다. 네 시 반이 되면 난 행복하게 호송 마차에 올라 감옥으로 되돌아왔다.

15일 또는 16일 동안 각자 고립되어 갇혀 있다가 서로 만나게 되자 젊은이들은 엄청 행복해했다. 그들이 호송 마차에 오르자마자 웃음과 시끌벅적한 대화가 터져 나왔고 내릴 때까지 10여 분 동안 그 흐름은 한순간도 끊이지 않았다. 우리를 법정으로 호송해 간 첫날 영국인들은 아주 거창한 의식을 치르는 듯했다. 권총을 찬 하사관들 수십 명이 우리 주위에 대오를 지어 호송 마차까지 데려갔다. 우리가 호송 마차에 올라탈 때는 또 다른 일단의 무장 경찰들이 서서 우리를 에워쌌고 우리가 올라탄 후에는 행진을 하며 호송 마차를 얼마 동안 뒤따랐다. 이런 의식은 우리가 호송 마차에서 내릴 때도 반복되었다.

　이런 요란스런 광경을 잘 모르는 사람이 보았다면 틀림없이 그렇듯 유쾌하게 웃어대는 젊은 죄수들이 귀신이라도 때려잡을, 아주 굉장한 용사들임에 틀림없을 것이라고 생각했을 것이다. 저 젊은이들이 도대체 얼마나 무시무시한 용기와 힘을 지니고 있기에 그들을 에워싸고 있는 삭막한 표정을 한 백여 명의 군인과 경찰들 사이를 맨손으로 유유자적 헤집고 다닌다는 말인가! 우리를 그러한 영광과 대단한 세레모니로 접대한 원인이 실제로 바로 그런 것이 아니었겠는가? 며칠 동안 그런 요란스런 행사가 계속되다가 이내 점점 규모가 줄기 시작했고, 마지막에는 둘 또는 네 명의 군인들이 우리를 데려가고 데려왔다. 그들은 우리가 호송 마차에서 내려 감옥으로 들어가는 것에는 별 신경을 쓰지 않았는데, 우리는 마치 산책을 마치고 집으로 돌아가는 자유인들처럼 감방 안으로 들어갔다.

　이렇게 느슨해진 호송 방식을 보고 경찰국장과 몇몇 주임 형사들은 "처음에는 하사관들을 스물다섯에서 서른 명까지

식민지 시대 콜카타 중심지

배치했는데, 이제는 고작 네다섯 명만 있다"며 화를 냈다. 그들은 하사관들을 꾸짖고 더 엄하게 호송할 것을 요구했다. 그러면 이틀 정도는 두어 명의 하사관이 더 나타나지만 다시 원래대로 돌아가고 말았다. 하사관들은 그 '폭탄 테러범들'이 실은 지극히 평화로운 사람들이고 도주할 생각도 하지 않고 있으며, 누구를 죽이거나 공격할 계획도 없는 것을 금방 알아챘다. 하사관들이 보기에도 이런 사람들을 호송하는데 그렇게 거창한 쇼를 해가며 귀한 시간을 낭비할 필요가 없었다. 처음에는 법정을 들어가고 나갈 때 몸 수색을 했는데, 나올 것이 무엇이 있었겠는가? 몸 수색 때마다 우리가 하사관들의 부드러운 손바닥 느낌을 느긋이 즐겼다는 것은 빼고 말이다.

우리의 보호자들께서도 그러한 절차가 도대체 무슨 효용성이 있는지 철저히 회의적으로 생각하고 있다는 것이 뻔히 보였다. 그리하여 이 절차 역시 며칠 후에는 사라졌다. 우린 법정 안으로 우리가 원하는 대로 책이나 빵, 설탕을 안전하게 가지고 들어갈 수 있었다. 애초에 그들은 우리가 거기서 폭탄을 투척하거나 권총을 발사하기라도 할 것 같은 느낌을 받고 있었던 듯하지만, 이내 그런 감정은 사라져버린 것 같았다. 그러나 호송 하사관들에게 한 가지 남은 두려움이 있었으니, 그것은 피의자 중 누군가가 신발짝을 고귀하신 재판관의 정수리에다 날려 보내지 않을까 하는 생각이었다. 그러면 일대 소동이 벌어지지 않겠는가? 그래서 하사관들은 우리가 법정에 입장할 때 꼭 신발을 벗게 하였다. 이 점만은 항상 엄격했다. 그들은 그 외에 다른 안전 문제에 대해서는 관대했다.

이 공판은 어딘지 이상스러웠다. 재판장, 검사, 증인, 증거, 피고, 모든 것이 이상스러워 보였다. 날이면 날마다 끝없이 등장하는 증인들과 증거물들, 검사의 한결같은 드라마틱한 연기, 그리고 재판장을 맡은 젊은 행정관의 아이 같은 경박함과 깊이 없음. 이 모든 기이한 스펙터클을 가만히 바라보면서 나는 내가 영국의 법정에 앉아 있는 것이 아니라 어떤 소설 속의 한 장면에 들어와 있는 것이 아닌가 생각하곤 했다. 이제 그 왕국의 괴상한 거주자들에 대해 이야기를 해보겠다.

앨리포어 극장의 첫 번째 스타, 검사 노턴

이 쇼의 최고 스타는 단연 담당 검사 노턴이었다. 단지 스타 배우였을 뿐 아니라, 이 연극의 작가이자 무대감독을 겸한 연출자이기도 했다. 그와 같은 다재다능한 천재는 이 세상에 참으로 찾아보기 어려울 것이다. 노턴은 마드라스에서 활약하다 벵골로 왔고 벵골 법조계의 관습이나 관행을 잘 몰랐다. 그는 한때 강경한 식민정책을 지지하는 그룹의 우두머리였는데, 그런 이유로 반대나 모순을 참아내지 못하는 성향에다, 반대자들을 처벌하는 데는 익숙한 인물이었다. 몹시 격한 기질이었던 노턴이 마드라스 동인도회사의 용맹한 사자였다는 사실은 내가 직접 보지 못한 일이어서 증언할 수는 없으나, 그가 앨리포어 법정의 모든 짐승들의 왕이었다는 사실은 분명히 말할 수 있다. 그에게 맹수로서의 덕성은 있었지만 법률적 통찰력은 한여름의 눈발만큼이나 찾아보기 어려웠다. 그렇지만 그에게는 말을 비비 꼬아 끝도 없이 단어를 늘어놓을 수 있는 말재주, 사건과는 전혀 관계없는 증인의 발언을 뭔가 아주 의미심장한 증거로 뒤집어놓는 이상한 능력, 아무런 근거도 없이 막무가내로 결론을 지어버리는 낯 두꺼움, 증인들과 젊은 변호사들을 말채찍이라도 휘두르듯 몰아대는 재주와 흰 것을 검은 것으로 둔갑시키는 마술적인 힘이 있었다. 이러한 면에서 타의 추종을 불허하는 천재성을 지켜보고 있노라면 그를 사뭇 경배하지 않을 수 없게 되고 만다.

뛰어난 검사, 변호사에는 세 가지 부류가 있다. 먼저 법률적 통찰, 만족스런 증거 제시, 그리고 섬세한 분석을 통해 판사에게 호감을 불러일으키는 유형이 있다. 두 번째는 증인에게서 솜씨 있게 진실을 뽑아내고 문제되는 사실과 논점을 정확히 제시하여 판사와 배심원의 마음을 사로잡는 유형이다. 마지막으로 거창한 웅변과 장광설, 그리고 협박으로 증인들의 얼을 빼고 현란한 솜씨로 논점 전체를 뒤죽박죽으로 만들어 판사와 배심원들의 관심을 엉뚱한 곳으로 끌고 가서 승리를 쟁취해내는 유형이다. 노턴은 이 세 번째 유형의 최고 고수다. 이런 유형을 꼭 열등하다고 할 수는 없다. 법률가라는 직업이 원래가 세속적인 것이어서, 서비스에 대한 대가로 돈을 받고 고객을 만족시켜주는 것이 그의 의무이고 존재 이유

검사 노턴

다. 현재 영국의 법률 시스템에서는 서로 다투는 원고와 피고들 속에서 진실을 추출해내는 것이 진정한 목적이 아니며, 무슨 수단을 쓰든 재판에서 이기는 것이 진정으로 추구하는 바다. 법률가는 여기에 그 에너지를 집중해야 한다. 그렇지 않으면 그는 자신의 존재 법칙에 충실하지 못한 것이다. 그래서 만일 신께서 그에게 첫 번째와 두 번째 검사 유형의 재능을 주시지 않았다면, 그가 가지고 있는 세 번째 유형의 재주를 가지고 싸워서 이겨야 한다. 노턴은 자신의 존재 법칙에 충실했던 것이다.

정부는 그에게 하루에 천 루피의 급료를 지불했다. 이것이 쓸모없는 지출이었다고 밝혀지는 것은 정부가 패소하는 것을 의미했다. 노턴은 정부에 그와 같은 손실을 주지 않기 위해 열심히 일했다. 그러나 정치적 사건의 피의자에게는 광범위한 특전을 주고 의심적거나 불확실한 증거는 채택하지 않는 것이 영국 법률 관행의 특징이다. 내가 보기에 노턴이 이 전통을 유념했다면 이 사건을 그처럼 망쳐놓지는 않았을 것이다. 그랬더라면 무고한 사람들이 독방 수감의 고초를 겪지 않았어도 되었을 것이고, 아쇼크 난디가 옥중에서 목숨을 잃지 않아도 되었을 것이다.

어쩌면 노턴의 맹수와 같은 기질이 화근이었다고도 할 수 있다. 셰익스피어에게 역사극 자료를 모아주었던 것이 16세기 영국의 역사가 홀린세드와 고대 그리스의 플루타르크였다면, 이 앨리포어의 드라마를 쓰기 위해 노턴 검사에게 자료를 모아준 것은 경찰이었다. 그런데 셰익스피어와 노턴 사이에는 차이점이 있었다. 셰익스피어는 그 자료 모두를 그의 희곡 안에 쓸어 넣지 않았지만 노턴은 그 자료가 옳든 그르든, 말이 되든 안 되든, 가장 사소한 것에서 가장 거창한 것까지 몽땅 그의 드라마에 쏟아 넣었다. 여기에다 자기가 지어낸 멋진 각본 그리고 여러 제안, 추측, 가정을 가득 덮어씌웠다. 셰익스피어나 디포우와 같은 대시인, 문호가 울고 갈 환상적인 예술적 재능이라 하지 않을 수 없다. 셰익스피어의 희곡 『헨리 4세』에서 폴스타프가 들이민 여관 청구서에 빵 값 몇 푼에다 터무니없이 부풀려 계산한 술값이 포함되어 있었던 것처럼, 노턴의 각본에는 몇 그램의 증거가 몇 톤 분량의 추측 및 제안과 섞여 잡탕이 되어 있었다고 아마 비평가들은 지적할 것이다.

그러나 흠을 잡으려 하는 사람들이라도 그 플롯의 구조와 우아함에는 칭찬을 아끼기 어려울 것이다. 그리고 나는 노턴이 그의 훌륭한 각본에 나를 주인공으로 선택하여주시어 무한히 행복했다. 노턴 판 소설에서 위대한 반란의 한가운데에, 비범하게 날카롭고, 지성적이며, 힘에 넘치고, 대담하며, 사악한 남자가 서 있었는데 그게 바로 나였기 때문이다. 정확히 밀턴의 『실락원』에 등장하는 사탄처럼 말이다. 그 민족운동에서 나는 대영제국을 전복시킬 기획의 알파요 오메가, 창조자이자 구원자였다. 힘 있게 잘 쓰인 영어 문서가 한 조각이라도 그의 손에 들어가면 그는 튀어 올라 큰 소리로 외쳤다. "오로빈도 고슈!" 합법적이든 비합법적이든, 조직적 활동이든 운동의 의도하지 않았던 결과든, 이 모든 일을 저지른 자는 오로지 한 사람. 누구? "오로빈도 고슈!"

그리고 어떤 일이든 그것이 오로빈도 고슈가 한 일이라면, 비록 그것이 법이 허용하는 범위 안에 있다 할지라도, 탈법적인 의도와 잠재성을 음흉하게 감추고 있는 것이 되어야만 했다. 그는 내가 2년만 더 늦게 잡혔다면 이미 대영제국은 끝장났을 것이라고 생각하는 듯했다. 찢겨진 문서 조각에서라도 내 이름이 나타나면 노턴은 너무나 기뻐 어쩔 줄 몰라 했다. 그리고 그 문서조각을 신성한 재판관의 발치에 충심 어린 모습으로 올리곤 했다. 노턴은 너무나도 열심히 나에 대해 생각했고 나에게 열중했다.

그에게는 몹시 미안한 말이지만 난 인간의 형상을 한 신이 아니었다. 만약 그가 내가 아닌 신을 그처럼 열심히 생각하고 신에게 그렇게 집중했다면, 그는 틀림없이 신이 주시는 해탈을 얻었을 것이다. 또 노턴이 그런 해탈을 일찍이 얻었더라면 우리의 수감 기간도 짧아졌을 것이고, 정부의 예산 낭비도 그만큼 줄어들었을 것이다. 그러나 어찌하겠는가. 2차 상급심 법정이 이 모든 혐의로부터 나의 무죄함을 선언하였고, 노턴의 위대한 작품은 슬프게도 그 모든 찬란함과 우아함을 잃고 말았다. 야속하게도 덴마크의 왕자를 『햄릿』에서 쏙 빼버린 자, 바로 그 유머 감각 없는 상급심 판사 비치크로프트가 20

세기 최고 걸작에 결정적인 흠집을 내고 말았던 것이다. 비평가가 위대한 작품에 손을 대는 것을 허용하면 위대한 고전들이 망쳐지는 것은 시간 문제다.

노턴의 또 한 가지 걱정거리는 그가 짠 각본에 따라 증언하기를 죽어라 거부하는 몇몇 증인들이었다. 이럴 때면 그의 얼굴은 분노로 벌겋게 달아오르고 사자처럼 큰 소리로 으르렁거리는데, 이런 모습 앞에 증인들은 공포에 휩싸여 쪼그라들고 만다. 자신의 시구詩句를 누군가가 마음대로 고쳤을 때 시인은 의분을 토해내고, 무대감독의 지시를 배우가 제대로 따르지 않았을 때 무대감독이 분노하는 것은 너무도 정당하다. 노턴도 꼭 같았다. 변호사 부반 채터지와 노턴 사이의 분쟁도 이처럼 신성하고 고아한 분노에서 비롯되었던 것이다.

나는 채터지처럼 고지식하고 원리원칙대로인 사람은 처음 보았다. 이 사람은 도대체 적당히 넘어가는 것을 모른다. 예를 들어 노턴이 연관성 있는 것과 없는 것 사이의 경계를 무너뜨릴 때마다, 또는 자기의 시적 웅변에 도취해 이상한 논리를 펼칠 때마다, 채터지는 정말이지 단 한 번도 그냥 넘어가지를 않았다. 매번 반드시 벌떡 일어서서 "이의 있습니다!"를 외친다. 그리고 노턴의 언어들이 법적 적합성과는 전혀 무관하며, 오로지 순전히 자신의 화려한 무대 연출을 위해 봉사하고 있을 뿐임을 지적하는 것이다. 이런 앞뒤 꽉 막힌 고지식함에 대해서는 노턴만이 아니라 1차 법정의 재판장을 맡았던 앨리포어의 1등 행정관 벌리도 견디지를 못했다. 언젠가 한번은 벌리가 아주 열을 받아 채터지에게 한마디 쏘아붙였다.

"미스터 채터지. 당신이 오기 전까지 우리는 모든 것을 아주 잘해가고 있었단 말이오!"

정말이지 그랬다. 말 한마디마다 "이의 있습니다!"를 연발하는데 어찌 고상한 연극이 제대로 진행될 수 있었겠는가? 관객들이 어찌 즐거울 수 있었겠는가?

앨리포어 극장의 두 번째 스타, 재판장 벌리

노턴이 이 극의 작가이자 주연이요 무대감독이었다면, 벌리는 그의 후원자였다. 그는 전형적인 스코틀랜드인이었다. 신체적 특징 자체가 스코틀랜드를 상징하고 있는 듯했다. 희고, 비쩍 마르고, 아주 키가 컸는데, 그 길고 커다란 몸통 위에 놓인 머리는 또 아주 작아서 마치 하늘을 찌를 듯이 솟은 스코틀랜드의 옥터로니(Ochterlonie) 기념비 위에 놓인 조그마한 옥터로니 같았다. 혹은 클레오파트라의 오벨리스크 꼭대기에 잘 익은 코코넛을 올려놓은 것 같았다고 할까? 모래 빛 머리카락과 그의 표정에는 스코틀랜드의 모든 추위와 얼음이 꽁꽁 얼어붙어 맺혀 있는 듯했다.

그렇게 키가 큰 사람이라면 지성도 그만큼은 되어야 하지 않을까. 그렇지 않다면 자연의 경제성에 뭔가 문제가 있는 것 아닐까. 그러나 벌리를 빚으실 때 창조주께서는 잠깐 다른 데 신경을 팔고계셨던 것 같다. 영국 시인 말로(Marlowe)는 각각의 창조물에 깃든 풍요로움을 "조그만 공간에 무한한 자원"이라 노래했지만, 벌리를 만났다면 반대의 감정, 즉 '무한한 공간에 조그만 자원'을 실감하지 않을 수 없었을 것이다. 그렇게 긴 몸에 그렇게 짧은 지성이라니. 그러한 행정장관들 몇몇이 3억 인도인을 다스리고 있다는 사실은 영국 인종의 우월성과 그들의 행정 방법에 대한 찬탄의 염念을 불러일으키지 않을 수 없다.

그러나 벌리의 법률 지식 수준이 엉망이라는 것은 비욤케시 차크라바티 변호사의 심문 과정에서 백일하에 탄로나고 말았다. 이 사건을 언제 그의 관할 구역에서 접수하기 시작했고 그 접수가 언제 완료되었는지를 차크라바티 변호사가 물었을 때, 몇 해간 행정장관을 수행하느라 혼란스러워진 그의 두뇌는 도대체 정확한 답변을 할 수가 없었다. 자신이 알 수 없었기 때문에 벌리는 오히려 차크라바티 변호사가 그 시점을 결정하라고 문제를 떠넘기려 하였다. 지금까지도 이 관할 이전의 시점 문제는 법적으로 정리되지 못하고 남아 있다.

채터지에 대해 벌리가 제기했다는 항의의 언사에 대해서는 앞에 쓴 바 있다. 독자들은 이를 통해 벌리의 판단 수준을 미루어 짐작할 수 있을 것이다. 공판이 시작될 때부터 벌리는 노턴 검사의 학식과 언변에 완전히 매료되어서 그의 말이라면 무엇이든 무조건 믿을 준비가 완료된 상태였다. 그는 노턴이 가리키는 방향이라면 어디든, 처음부터 끝까지 겸손한 자세로 따라나설 준비가 되어 있었다. 노턴이 웃으면 그도 웃었고, 노턴이 분노를 터트리면 그 역시 화를 냈다. 그렇게도 어리석고 아이 같은 행동을 보고 있자면 때로는 아버지가 자녀에게 느낄 법한 측은하고 가여운 느낌이 들 정도였다. 벌리는 심하게 아이 같은 사람이었다. 나는 도저히 그를 행정관이라 간주할 수가 없었다. 마치 초등학교 학생이 어느 날 갑자기 선생이 되어 선생 자리에 앉아 있는 것만 같았다. 실제로 법정 운영을 그렇게 했다. 법정의 누군가가 그의 신경을 건드리면, 그는 학교 선생처럼 꾸짖었다. 법정 안의 시시한 말놀음이 지겨워진 법정의 누군가가 그 옆 사람과 조금이라도 속삭이기 시작하면 벌리는 당장 어김없이 꾸지람을 했다. 꼭 초등학교 선생처럼 말이다. 사람들이 말을 듣지 않으면 법정의 모든 사람들에게 일어나라고 명령했고, 이 명령이 즉각 이행되지 않으면, 교도관들을 동원하여 위협하고 강제했다.

우리가 이런 초등학교 선생-학생 놀이에 익숙해질 즈음에 채터지와 벌리 사이의 갈등이 시작되었기에 우리는 벌리가 채터지에게도 똑같이 일어서 있으라는 벌을 줄 것이라고 생각했다. 그러나 반대였다. "앉으시오, 미스터 채터지!" 앨리포어 초등학교 교장 벌리 선생이 고분고분하지 않은 신입생 채터지를 벌주는 새로운 방법은 주저앉히기였다. 학생이 질문을 하거나 설명을 더 요구했을 때 짜증이 난 못난 선생이 학생을 위압하는 것과 비슷하게, 벌리는 피의자를 대변하는 변호인이 이의를 제기할 때마다 이를 힘으로 누르려 했다.

어떤 증인들은 노턴을 아주 짜증나게 했다. 그는 어떤 문서가 특정 피의자가 쓴 것임을 입증하려는 취지의 증인 심문을 많이 했다. 어떤 증인이 "아니요 검사님, 이것은 꼭 그 필적은 아닙니다만, 아마도 확신할 순 없겠지요"라고 말했을 때 (실제로 그런 식으로 말하는 증인들이 많았다) 노턴은 아주 흥분해서 꾸짖고, 소리치고, 협박하여 증인에게 원하는 답을 반드시 얻어내려 했다. 그의 최후의 질문은 언제나 같았다. "그렇다는 거요, 아니라는 거요? 당신은 어느 쪽이 옳다고 믿는 겁니까?" 증인은 여기에 가부간 딱 잘라 말할 수 없었다. 증인은 거듭거듭 노턴에게 자신에게 '믿음' 같은 것은 없고 그저 확실히는 잘 모르겠다는 의견을 되풀이했다.

그러나 노턴은 이런 식의 대답은 싹 무시했다. 그럴 때마다 천둥처럼 큰 목소리로 똑같은 질문을 퍼부었다. "어서 말하시오 선생! 당신 어느 쪽이 옳다고 믿는 겁니까?" 그러면 재판관석에 높이 앉은 벌리는 그 말을 받아서 같은 뜻의 말을 벵골어로 앵무새처럼 되풀이하면서 호통쳤다. "Tomar biswas ki achhay? (너의 믿음이 뭐냐?)" 가련한 증인은 딜레마에 빠진다. 그에게 biswas, 즉 '믿음' 따위는 전혀 없다. 그러나 그의 한쪽에는 벌리가 그를 몰고 다른 한쪽에는 노턴이 굶주린 호랑이처럼 그를 노리며 그가 가져본 적이 없는 '믿음'을 달라고 한다. 보통 biswas는 현실화되지 않고, 혼란에 빠진 증인이 비 오듯 땀을 흘리며 그 고문실을 간신히 목숨만 부지해 빠져나간다. 혹 '믿음'보다 생명을 귀중히 여기는 부류의 사람들은 있지도 않은 biswas를 노턴의 발 아래 헌상하여 목숨을 부지하기도 한다. 이런 경우 미스터 노턴은 아주 만족스러워하며 나머지 심리를 훨씬 친절하고 사근사근하게 진행해 간다. 같은 부류의 검사와 재판장이 손발을 맞추었기에 이 사건 공판이 그만큼 더 멋진 한 판 연극이 될 수 있었던 것이다.

어쨌거나 노턴에게 정면으로 맞설 수 있는 사람들은 소수였고, 증인 대다수는 노턴에게 끌려다닐 수밖에 없었다. 그런 협조적인 증인들은 내가 대부분 잘 모르는 사람들이었지만 그중 한둘 정도는 나도 구면이었다. 데브다스 카란은 지루한 공판에서 우리에게 한바탕 웃을 수 있는 즐거운 기회를 주었으니 앞으로도 두고두고 감사할 일이다. 그는 미드나포어에서 있었던 모임에 관해 증언하는 과정에서, 수렌드라가 학생들에게 스승에 대한 헌신(gurubhakti)을 요구했을 때, 오로빈도 씨는 "드로나(Drona, 인도의 서사시 『마하바라타』에 나오는 하스티나푸르 왕가의 스승)는 무엇을 했지요?"라고 말했다고 하였다. 이 대목에서 노턴에게 무언가 불이 번쩍 들어온 듯했다. 그는 그 드로나가 필경 이 사건과 깊이 관련된 폭탄 제조자이거나 정치적 암살자라고 생각했던 것 같다. 내가 수렌드라에게 했던 말의 의미를 "지금 학생들에게 필요한 것은 '스승에 대한 헌신'이 아니라 폭탄"이라는 뜻이었다고 풀이한 것이다. 물론 이런 해석은 이 사건을 그의 뜻대로 몰아가는 데 큰 도움이 된다. 그리하여 노턴은 비상한 관심을 가지고 되물었다.

"그래서요, 드로나가 무엇을 했나요?"

증인은 처음에 이 황당스런 질문의 성격을 이해할 수가 없었다. 그리고 5분 정도 말이 오간 끝에 카란은 팔을 높이 들고 대답했다.

"드로나는 많은 기적을 행했지요!"

이 대답은 노턴을 만족시킬 수 없었다. 도대체 드로나가 만든 폭탄의 행방이 밝혀지지 않았는데 어찌 만족할 수 있었겠는가? 그리하여 다시 물었다.

"그 말이 무슨 뜻입니까? 드로나가 정확히 무슨 일을 했는지 말하라니까요!"

증인은 여러 가지 대답을 했다. 그러나 그 어떤 것도 노턴이 바라는 바, 드로나가 꾸민 음모의 비밀을 밝혀주지 못했다. 마침내 노턴은 자제력을 잃고 으르렁거리기 시작했다. 증인 역시 소리를 질러댔다. 이 증인 심문을 지켜보던 변호사 한 사람이 빙긋이 웃으며 이 증인은 아마도 드로나가 한 행위에 대해 알고 있지 못한 것 같다고 한 마디 끼어들었다. 여기에 존경하는 카란은, 자존심에 돌이킬 수 없는 상처를 받고, 버럭 화를 내면서 소리 질렀다.

"뭐라고요? 내, 내가 드로나가 한 일을 모르고 있다고요? 여보시오, 내가 『마하바라타』를 처음부터 끝까지 헛것으로 읽은 것 같소?"

그렇게 30여 분 동안 노턴과 카란은 드로나의 시체를 사이에 놓고 한 판 격투를 벌였다. 매 5분마다 노턴은 앨리포어 법정이 쩡쩡 울릴 정도로 큰 소리로 물었다.

"그것 말고! 카란 편집장! 드로나가 무슨 짓을 했는지를 말하란 말이요!"

이 질문에 편집장은 드로나에 얽힌 닭과 황소 이야기를 늘어놓는다. 그러나 막상 드로나가 폭탄을 가지고 무엇을 했는지 답은 역시 없다. 법정은 웃음바다가 되고 말았다. 마침내

드로나(가운데)는 인도의 대서사시
『마하바라타』에 등장하는 인물이다.

점심시간에 머리를 식혀 제정신을 차린 후에야 카란은 드로나가 이 사건과 전혀 무관하며 드로나의 작고하신 영혼을 둘러싼 30여 분의 분쟁이 전혀 무의미한 것이었음을 말할 수 있었다. 드로나를 벤 자는 노턴도 카란도, 영국도 아니고 『마하바라타』의 영웅 아르주나였다. 카란이 흘린 오로빈도 고슈의 말 한마디 때문에 드로나는 대영제국에 대한 반역죄에 얽혀 그의 목이 또 잘려나갈 뻔했다. 『마하바라타』에 나오는 자비로운 사다시바(Sadashiva) 신께서 그가 억울한 누명에서 벗어나도록 살펴주셨음이 틀림없다.

증인들

이 사건의 증인들은 세 부류로 나눌 수가 있었다. 우선 경찰과 그 끄나풀들, 다음은 경찰에 무슨 약점인가를 잡혀서 경찰을 깊이 사랑하게 된 사람들, 끝으로 경찰을 사랑하게 되는데 실패한 부류로 억지로 증언하기 위해 끌려 나온 사람들이다. 각 부류마다 증언하는 나름의 방식이 있다. 경찰 양반들은 미리 결정된 대로 아주 활달하고 아무런 주저 없이 그들이 해야 될 말을 한다. 한 점의 의심도 실수의 가능성도 염두에 두지 않고 목격했다는 혐의자들을 확인해준다. 경찰의 친구들도 심문한 의도대로 기민하게 증언을 잘 해준다. 혐의자 확인도 잘 해주는데, 때로는 과도한 적극성 때문에 그들이 확인할 수 없는 상황에 있었던 사람들까지 잘도 식별해준다.

싫지만 억지로 나온 사람들은 그들이 아는 것만 말한다. 물론 노턴이 바라는 바에 미치지 못한다. 노턴은 그들이 지극히 귀중하고 확실한 증거를 숨기고 있다고 상정한다. 그리고 그것을 빼내기 위해 모든 수단을 다해 증인을 쥐어짠다. 마치 증인의 배를 갈라 장기라도 빼갈 것 같은 기세다. 증인으로서는 몹시도 곤혹스러운 상황이다. 한편으로는 천둥치는 것 같은 소리를 내는 노턴과 시뻘겋게 눈을 치켜뜬 벌리가 우뚝 서 있고, 다른 편에는 거짓 증언으로 무고한 동포의 인생을 망쳐야 한다는 죄가 있다.

노턴과 벌리 쪽이냐 아니면 신 쪽이냐. 이 쪽에 서면 이 세상에서의 삶이 고달파진다. 하지만 다른 쪽에 서면 윤회의 다음 삶이 괴로워진다. 그러나 증인은 생각한다. 지옥과 다음 세상은 멀리 있고 노턴과 벌리의 위협은 바로 코앞에 있다. 위증을 하지 않으려다 위증죄로 기소될까 두려운 것이다. 이런 사안에서는 그런 황당한 일이 결코 드물지 않다. 이런 부류에게 증언대에서의 시간은 공포와 번민으로 온통 뒤엉켜 있다. 어떤 사람은 간신히 혼을 수습해서 완전히 노턴에게 혼을 팔아넘기고 증언대를 떠난다. 어떤 경우든 이러한 상황이 경찰에게 자랑스러울 것은 없다. 한 증인은 대놓고 "난 아무것도 모릅니다. 그리고 왜 경찰이 날 여기에 서게 했는지 이해할 수도 없습니다"라고 외쳤다.

기소를 유지하기 위해 이런 수법이 통하는 곳은 오직 인도

뿐일 것이다. 다른 나라라면 이런 식의 방법은 판사를 몹시 불쾌하게 할 것이고 경찰은 이에 따른 심한 질책을 면할 수 없을 것이다. 유죄인지 무죄인지 조사도 하지 않고 순전히 추측에 근거해서 수백 명의 증인을 법정에 끌어들여 예산을 낭비하고, 피의자들을 무턱대고 감옥에 가두어 고초를 겪게 하는 따위의 일은 오직 이 나라의 경찰에게나 어울리는 짓들이다. 그러나 가련한 경찰들이 무엇을 할 수 있겠는가? 그들은 이름만 형사이지 제대로 된 이들은 없다. 그러니 대충 그물이나 넓게 쳐 놓고 아무라도 걸리면 막무가내로 끌고 와 증언대에 세우는 식이다. 누가 알겠나. 그러다 운 좋으면 그중에 누가 쓸 만한 정보를 뱉어낼지.

신원 확인 방법도 마찬가지로 신비로운 것이었다. 먼저 증인이 질문을 받는다. "여기 있는 사람들(피의자들) 중에서 본 사람 있습니까?" 증인이 "있습니다"라고 답하면, 노턴은 우리를 증언대 앞에 죽 늘어세우고 증인의 기억력을 과시해볼 것을 요구한다. 만일 증인이 "확실하지는 않은데요, 아마도 기억할 수 있을 겁니다"라고 하면 노턴 씨는 약간 슬퍼져서

"좋습니다, 한번 보세요"라고 말한다. 그런데 증인이 "이 사람들을 본 적이 없습니다" 또는 "그때 자세히 보지 못했습니다"라고 말할지라도 우리의 노턴은 그를 그냥 놔주지 않는다. 삼사십 명이나 되는 얼굴들을 들여다보면 과거의 기억, 또는 아마도 전생前生에 대한 기억이라도 어쨌거나 떠오를 것이라는 희망을 품고 노턴은 증인을 실험대 위에 올려보는 것이다. 그러나 증인은 그런 요기의 힘을 가지고 있지 않다. 그는 아마도 전생에 대한 믿음이 없었을 것이다. 그리하여 하사관의 호위를 받으며 두 줄로 늘어 선 피의자들 사이를 무거운 발걸음으로, 고개조차 떨군 채, 행진해 간 후 말한다. "아무도 모르겠습니다." 김이 빠진 노턴은 아무런 소득도 없이 사람 잡는 그물을 이제는 거두지 않을 수 없다. 이런 시험을 하다 보면 사람의 기억이 얼마나 예리하고 정확할 수 있는지를 입증해주는 기적 같은 사례들도 생긴다.

4월에 시시르 고슈가 분명히 뭄바이에 머물고 있었음이 확인되는데도, 몇 명의 경찰 친구들은 바로 그 기간 그를 콜카타의 스코트 래인(Scott Lane)이나 해리슨 로드(Harrison Road)

에서 확실히 보았다고 했다. 또 비렌드라 센이 바니아충에 있는 그의 아버지 집에 머무르고 있는 바로 그 순간, 범죄수사국의 신비로운 투시력은 센의 마술적인 신체가 마닉토라 정원과 스코트 래인에서 폭탄을 제조하느라 분주히 오가고 있는 것을 보았노라고 하는 것이었다. 비렌드라는 스코트 래인에 생전 가본 적도 없는데 말이다. 미드나포어에서 왔다는 한 증인은 (미드나포어에서 끌려온 피의자는 그를 경찰 밀정이라고 지목했다) 말하기를 헴찬드라 센이 탐룩에서 강연하는 것을 보았다고 했다. 세상에! 탐룩이라는 곳을 그 눈에 담아본 적도 없는 헴찬드라가 손오공과 같이 머리털을 뽑아 그의 또 다른 몸을 그가 살던 실헷에서 탐룩까지 훅 날려 보내고 그곳에서 폭동과 민족주의를 선동하는 격렬한 연설을 하였던 것이고, 그 광경을 우리 형사 양반들은 두 눈으로 똑똑히 보았던 것이다.

더 신비로운 것은 콜카타 북부의 프랑스령 도시 샹데나고어에 있던 차루찬드라 로이의 연기론緣起論적 신체가 마닉토라에 나타났다는 사실이다. 경찰 두 명이 맹세하여 증언하기를 몇 날 몇 시에 시암바자에서 차루찬드라가 다른 음모자와 만나 마닉토라 정원으로 걸어갔다는 것이다. 그들이 가까이 미행했으니 틀림없다 하였다. 이들 두 증인은 변호사의 증인 심문 과정에서 조금도 흔들림 없었고, 이에 부합하는 경찰의 증거까지 완벽히 제출되었다. 거기에다 샹데나고어의 뒤플레 대학 학장의 증언에 따르면 그날 차루찬드라가 대학을 출발해서 콜카타로 갔다고 했으니, 경찰이 말한 일시와 시간은 그럴 법해 보였다.

그러나 놀랍게도 그날 꼭 그 시간에 호우라 역 플랫폼에서 차루찬드라가 샹데나고어 시장과 지사 그리고 또 다른 몇 명의 저명한 유럽인들과 함께 이야기를 나누고 있었던 광경이 목격되었다. 이 일을 기억하던 그 자리의 모든 신사들이 차루찬드라를 위해 기꺼이 증언에 나섰다. 아쉽게도 프랑스 정부의 요청으로 차루찬드라는 공판 중에 바로 석방되고 말았으니, 그 신비는 여전히 풀리지 않은 채로 남아 있다. 나는 차루찬드라에게 모든 증거물을 심령연구회로 보내 인류 지식의 증진에 기여해보라고 권하고 싶다. 경찰, 특히 그 위대한 범죄수사국의 증거에는 결코 오류가 있을 수 없다. 그러니 그런 신비스런 일은 신지학(Theosophy)이 해명하지 않으면 안 된다.

요컨대 내가 이 사건 진행 전반을 상세히 관찰하면서 깨달은 것은 영국의 사법체제가 너무나도 쉽게 무고한 사람을 벌주고, 감옥에 가두고, 유배하고, 심지어 목숨을 빼앗는다는 사실이었다. 직접 피고인석에 서봐야 유럽의 형법 체계에 문제가 있다는 것을 알게 된다. 그 체제는 인간의 자유, 사람들의 기쁨과 슬픔을 노름판의 판돈으로 삼아 가지고 논다. 그리하여 당사자에게는 평생에 걸친 고통을 주고 그의 가족과 친구, 친지들에게는 살아 있되 죽어 있는 것과 같은 모욕을 가한다. 이 체제에서는 진짜로 죄지은 자들은 너무나 간단히 법망을 피해가는가 하면, 무고한 자들은 너무나 쉽게 희생양이 된다.

이 게임, 그렇게 잔인하고 무감각하고 반동적인 사회적 기계에 한 번이라도 걸려들어본 사람이라면, 왜 사회주의와 무정부주의에 대해 그토록 열정적인 칭송이 일어나고 전 세계에 널리 파급되고 있는지를 이해할 수 있게 된다. 현실의 상황이 그렇기 때문에 관대하고 친절한 마음을 지닌 많은 이들이 이 따위 사회는 끝장나거나 끝장을 내버리는 것이 더 낫지 않겠냐고 생각하기 시작하고, 또 이 사회가 그렇듯 무거운 죄와 고통, 무고한 자들의 비탄과 심장의 피 없이는 존속될 수 없는 것이라면, 더 이상 그런 사회를 존속시킬 필요가 있겠느냐고 묻기 시작하게 된다. 새로 일어나기 시작하는 이러한 변화들은 결코 놀라운 일이 아니다.

앨리포어 감옥에 울려 퍼진 노랫소리

이 재판에서 유일하게 주목할 만한 이벤트는 동지들을 팔아 넘긴 옥중 밀고자 나렌드란다트 고스와미의 증언이었다. 이 부분을 말하기 전에 그 시절 나의 동반자들, 나와 같이 기소되었던 청년들과 소년들에 대해 먼저 이야기해보기로 한다.

법정에서 그들의 행동을 바라보면서 난 새로운 시대가 열리고 있다는 것, 어머니 인도의 무릎 위에 새로운 유형의 아이들이 자라나고 있는 것을 확실히 느낄 수 있었다. 당시 벵골에는 두 종류의 젊은이들이 있었다. 고분고분하고, 말 잘 듣고, 무해하며, 선량하고, 소심하면서 자기존중이나 높은 목표가 없는 부류이거나 아니면, 악하고, 난폭하고, 요란스러우면서 자제력과 정직함이 없는 부류였다. 이 양극단 사이에 다양한 부류가 있겠지만 단지 열 명 내외의 이례적으로 뛰어난 이들을 제외하면 주목할 만한 집단은 보이지 않았다. 벵골인들은 지성과 재능은 있지만 남자다운 힘과 기백은 부족하다.

그러나 앨리포어의 이 젊은이들을 보면서 난 새롭게 단련된 자유로우면서도 과감하고 힘에 넘치는 젊은 세대가 인도에 되돌아오고 있음을 알 수 있었다. 그들 눈빛에 비치는 두려움 없음과 순진무구함, 힘 있는 어투와 숨결, 자유분방하고 거리낄 것 없는 웃음, 그토록 위태로운 순간에도 전혀 위축되지 않는 용기, 슬픔도 절망도 모르는 마음의 그 활달함, 이 모든 것은 이 시대의 생기 없는 인도인들의 모습이 아니라, 새로운 시대, 새로운 세대, 새로운 약동의 징후였다.

그들 중 일부가 폭탄 테러나 고스와미를 죽인 살인을 범했다 치자. 그러나 살인이라는 피의 그림자가 그들의 마음을 덮고 있지는 않았다. 그들 마음에서 한 점의 잔인함과 야수성도 느낄 수 없었다. 감옥에서 그들은 재판 결과나 그들의 미래에 대해 전혀 근심하지 않았다. 소년다운 장난과 웃음, 게임, 독서 그리고 토론을 하면서 활기차게 시간을 보냈다. 그들에게는 적과 친구, 높은 자와 낮은 자의 구분이 없었다. 그래서 일찍부터 감옥 관리들, 교도관들, 미결수들, 영국 하사관들, 형사들, 법정관리들과 친구가 되어 스스럼없이 대화하고 농담을 나눴다.

이들은 법정에서 보내는 시간을 매우 따분해했다. 당시엔 책도 없었고, 공판 중 잡담도 금지되어 있었다. 요가 수련을 시작한 친구들이 있었지만, 아직 군중 속에서도 집중할 수 있는 수준에 이르지 못했다. 처음에 몇 명이 책을 가지고 들어오기 시작했는데 이는 금방 모두에게 퍼졌다. 그리고 참으로 일대 장관이 펼쳐졌다. 자신에게 교수형이 선고될 수도 있고, 종신형이 떨어질 수도 있는, 그야말로 자신의 운명과 사활을 건 심각한 공판이 눈앞에 벌어지고 있는데, 막상 그 형을 언도받을 당사자들인 이 젊은이들은 공판 과정에는 눈길조차 주지 않고 태연하게 앉아서 반킴찬드라의 소설이나 비베카난다의 『라자 요가』 또는 『종교의 과학』, 혹은 『바가바드기타』, 『푸라나』, 아니면 유럽 철학서를 읽으며 삼매에 빠져 있는 장면이 연출된 것이다. 그런데 영국 하사관들도, 인도인 경찰들도 이 독서삼매를 제재하지 않았다. 그들은 아마도 우리 안에 갇힌 이 호랑이들을 아무튼 조용하게만 할 수 있다면 그걸로 그들의 의무를 다하는 것이라고 생각했을 것이다. 사실 이렇게 가만두어도 누구한테 해될 일은 전혀 없었으니까.

그러나 어느 날 이 광경이 벌리의 신경을 건드리고 말았다. 그 행정관에게 이건 참을 수 없는 일이었다. 이삼 일은 그래 도 꾹 참는 듯했다. 그러나 결국은 법정에 책 반입을 금지하 라는 명령이 떨어졌다. 정의로운 벌리, 그러나 벌리의 정의는 그 누구도 즐겁게 하지 못했다. 아무도 그의 판단에 귀 기울 이지 않았다. 벌리의 존엄하심과 대영제국의 권능에 커다란 구멍이 뚫렸음을 보여주는 명백한 사례였다.

우리가 각각 독방에 갇혀 있었던 기간에 함께 만나 대화할 수 있는 시간은 오직 호송 마차 안과 공판 중간의 점심시간뿐 이었다. 이미 서로 잘 알고 있던 친구들은 이 짬을, 감옥이 강 요하는 침묵과 독거에 복수하는 기회로 삼아 재미난 이야기 와 농담을 나누고 토론을 벌였다. 그러나 난 그들과 잘 알지 못했으므로 말을 많이 하진 않았으며 주로 그들의 이야기와 웃음을 듣고 있었다. 물론 내 동생 바린드라와 전부터 잘 알 고 있던 아비나슈와는 이야기를 했다. 그런데 이 젊은이들 중 한 친구만은 내게 접근하여 말을 걸곤 했는데, 그가 바로 후 일 밀고자로 변모한 나렌드라나트 고스와미였다.

오로빈도와 같은 혐의로 수감되었던 49인의
젊은이들 가운데 선배 그룹 4인.
왼쪽 위부터 시계방향으로 오로빈도의 친동생인
바린드라 고슈와 우펜드라나트, 헴찬드라 다스,
실렌드라나트

다른 젊은이들은 조용하고 진중한 편이었는데, 고스와미는 잘 나서고 대담하고, 가벼운 편이어서 성격과 언행이 다듬어져 있지 못하다는 인상을 받았다. 그는 체포되었을 순간에는 타고난 용기와 나서는 기질을 발휘하여 용감히 싸웠으나, 마음이 견실하지 못한 탓에 감옥 생활의 고초를 견디지 못했다. 지주의 아들로 태어나 사치와 방탕 속에서 자란 탓에 감옥 생활의 극심한 제재와 빈궁이 너무나 고통스럽다고 했다. 이는 그 자신이 우리 앞에서 했던 말 그대로다. 이런 고통과 곤궁에서 벗어나기 위해 무슨 수단을 써서라도 풀려나고 싶다는 괴상한 열망이 나날이 그의 마음속에서 자라났다.

　처음에는 경찰의 고문 때문에 거짓 자백을 했다고 주장하여 풀려날 수 있지 않을까 하는 희망을 가졌다. 그는 어느 날 우리에게 그의 아버지가 가짜 증인을 사서 그를 무죄로 만들어보려고 마음먹었다고 했다. 그러나 며칠이 지나지 않아 새로운 사실이 드러났다. 그의 아버지와 변호대리인이 감방 안으로 자주 방문하더니, 나중에는 형사 몰비도 같이 와서 고스와미와 길고 비밀스러운 대화를 나누기 시작했다.

이때부터 고스와미는 눈에 띄게 호기심이 많아져서 이것저것 꼬치꼬치 묻고 다니기 시작했다. 인도의 중요 인물들을 알거나 가까이 지내는지, 비밀 조직에 돈을 대는 사람들이 누군지, 이 조직의 해외 지부 사람들은 누구인지, 벵골 외 지역의 멤버는 누구인지, 지금 그 조직을 이끌고 있는 사람은 누구고, 지부들은 어디에 있는지 등등. 특히 바린드라와 우펜드라에게 많이 물었다. 많은 사람들이 수상쩍게 생각할 수밖에 없었다. 그가 갑자기 모든 것을 알고자 한다는 것, 그리고 몰비를 자주 만나는 것은 누구나 다 아는 비밀이 되었다. 많은 사람들이 그를 주목하고 있었고, 그가 경찰을 만나고 와서는 새로운 종류의 질문을 던지기 시작한다는 사실도 자연스럽게 드러났다.

그가 질문에 만족할 만한 답을 얻지 못했다는 건 두말할 나위도 없다. 우리들 간에 고스와미 문제가 처음 언급되었을 때, 고스와미 스스로 경찰이 여러 가지 수단으로 그를 "영국 왕의 사람"이 될 것을 종용하고 있다고 고백한 바 있다. 언젠가 법정에서 내게 직접 그렇게 말하기도 했다.

"그래서 뭐라고 했어?"

"내가 그 말을 들을 것 같아요! 내가 그렇게 한다 해도, 내가 어떻게 그 사람들이 요구하는 식의 증거를 댈 수 있겠어요?"

며칠 후에 이 문제를 다시 꺼냈을 때, 난 일이 더 진행되었음을 감 잡을 수 있었다. 증인 앞에 늘어서서 얼굴을 확인해 주는 법정 놀음을 하는 중에 내 옆에 섰던 그가 내 귀에 "경찰이 자주 찾아와요"라고 속삭였다.

"왜 벵골 지사인 앤드루 프레이저 경이 비밀 조직의 최고 후원자라고 말해주지 그래? 그럼 아주 좋아하겠다."

내가 농담 삼아 말했더니 그는 대답했다.

"그 비슷한 걸 말해줬어요. 인도 식민의회 의장인 수렌드라 바너지가 우리 조직 지도자고 내가 그에게 폭탄도 보여주었다고요."

나는 어처구니가 없어서 물었다.

"그런 쓸데없는 소리를 왜 하는데?"

"그 자식들 엿 먹이는 거죠. 그런 식으로 몇 가지 던져줬

죠. 엉뚱한 데 쫓아다니느라 꽁지가 빠지겠죠. 누가 알아요. 그러다 이 재판이 뺑될지."

난 어이가 없어 이렇게 말할 뿐이었다.

"그런 장난은 그만 두는 것이 좋아. 네가 가지고 논다고 하다가 네가 잡아먹힌다."

고스와미가 얼마만큼 진실을 말했는지 나는 모른다. 다른 사람들은 순전히 그가 우리를 속이기 위해 고의적으로 그런 말을 했다고 생각했다. 내가 보기에는 그때까지도 고스와미는 정말 밀고자가 될 것인지 아닌지 아직 결심을 못하고 있었고, 이미 그쪽으로 상당히 나갔다고 하더라도 그런 속임수를 써서 경찰들을 엉뚱한 방향으로 끌고 갈 생각도 있었던 것 같다. 비뚤어진 마음은 비뚤어진 수단을 쓰게 마련이다.

그때부터 난 고스와미가 경찰에게 말해주는 것이 진실이든 거짓이든 자기가 살기 위해 무슨 짓이든 할 것이라는 것을 알 수 있었다. 사악한 본성의 타락은 바로 우리의 눈앞에서 차근차근 진행되었다. 하루하루 그의 마음이 어떤 변화를 겪고 있는지 난 읽을 수 있었다. 그의 얼굴, 말과 행동, 태도 모든 것이 그 전과 달랐다. 그는 동료를 배신하고 몰락시키는 행위를 정당화하기 위해 갖다 붙이는 것이 뻔히 보이는 경제적이고, 정치적인 변명을 늘어놓기 시작했다. 그처럼 흥미진진한 심리학적 관찰 대상은 좀처럼 만나기 어려울 것이다.

처음에는 아무도 고스와미에게 그가 하는 짓을 모두가 알고 있다는 사실을 알려주지 않았다. 고스와미는 꽤 상당한 기간 동안 그가 비밀스럽게 잘하고 있다고 생각했다. 하지만 어리석은 생각이었다. 얼마 지나지 않아 우리 사건 관련자 모두를 칸막이도 없는 넓은 홀에 함께 수감시켰고, 이 상태에서는 더 이상 그런 '공개된 비밀'이 지켜질 수가 없게 되었다. 나중에 고스와미가 밀고자로서 증인대에 서서 증언을 시작했을 때, 일부 영국 신문들은 우리가 크게 놀라고 동요했다고 썼지만, 이것은 순전히 기자들의 '작문'일 뿐이다. 이미 우리는 고스와미가 무슨 증언을 할 것인지 알고 있었다. 몇 월 며칠에 증언대에 설 것인지까지도 알고 있었다.

그 무렵 한 젊은이가 고스와미에게 가서 말했다.

"어이 친구야. 여긴 정말 못 견디겠어. 나도 좀 불고 나가고 싶은데, 네가 힘 좀 써서 몰비한테 나도 좀 빼달라고 말해 주라."

　며칠 후 고스와미는 그 친구에게 친절하게도 정부에서 네 일을 잘 해결해줄 준비를 하고 있다는 '대답'을 은밀히 전해 주었다. 뿐만 아니라 고스와미는 그 친구에게 부탁하기를 우 펜드라나 또 다른 몇 명에게, 예를 들어 비밀 조직 지부들의 위치와 그 지도자들 등에 관한 정보를 뽑아달라고까지 하였 다. 물론 변절자 흉내를 내보았던 그 젊은이는 그저 유머를 지극히 사랑하고 장난기가 유난히 많은 친구였을 뿐이다. 우 펜드라는 그 친구의 장난기를 부추겼다. 거짓 정보를 고스와 미에게 역시 '은밀하게' 전달해보라는 것이었다. 그 거짓 정 보의 내용은 이렇다. 마드라스의 비밀조직 지도자 비스와바 필라이, 사타라의 지도자 푸루쇼탐 나테카, 뭄바이의 지도자 바트 교수, 바로다의 지도자 크리슈나지라오 바오 등등. 고스 와미는 뛸 듯이 기뻐하며 이 '믿을 만한' 정보를 경찰에 넘겼 다. 경찰은 물론 이 '정보'를 가지고 발에 땀나게 뛰었다.

　그러나 마드라스에 필라이가 어디 한둘인가? 비스와바라

는 이름이 또 얼마나 많은가? 어쨌거나 경찰은 열심히 조사했다. 그렇지만 아무리 이 잡듯이 마드라스를 뒤져도 '비스와바 필라이'라는 사람은 찾아낼 수가 없었다. 그럼 사타라의 영웅 푸루쇼탐 나테카는 어디로 갔나? 그 역시 하늘로 솟았는지 땅으로 꺼졌는지 오리무중 간 데가 없었다. 그러면 뭄바이의 바트 교수는 어떤가? 그런 이름의 가엾은 교수를 한 사람 분명 찾아내긴 했다. 그러나 그는 너무나 선량하고 양순한 데다가 뼛속까지 아주 소문난 영국 충성파였다. 아무리 조사를 해봐도 그가 위장을 하고 있다는 증거는 없었다. 그럼에도 증언대에 선 고스와미는 우펜드라가 힌트를 준 대로 마드라스의 비스와바 필라이 등등의 가공 인물들을 줄줄이 불어댔고, 여기에 우리의 노턴 검사는 그의 이론이 착착 맞아간다고 열광하였다.

그런데 바로다의 크리슈나지라오 바오라는 가공의 이름에 대해서 이번에는 경찰이 장난을 쳤다. 전형적인 수법이었다. 발신지가 마닉토라 정원(바린드라가 폭탄을 제조했던 곳), 발신자는 고슈, 그리고 수신자는 '바로다의 크리슈나지라오 데슈판데'라고 되어 있는 전보의 사본이라는 것을 증거라고 들고 나왔던 것이다. 물론 바로다에서 이 전보에 답장을 한 사람은 없었다. 그러나 우리의 진실한 고스와미가 바로다의 크리슈나지라오라는 이름을 대 준 이상, 크리슈나지라오 바오와 크리슈나지라오 데슈판데는 동일한 사람이어야만 했다. 그 조작된 이름이 실제로 노리는 먹이는 나의 친구인 케샤브라오 데슈판데였다. 그는 나와 케임브리지 대학을 같이 다녔고 당시 바로다에서 영문잡지를 발행하고 있었다. 바로 그가 비밀 음모 조직의 지도자라는 것이었다. 이것이 그 유명한 노턴 검사의 넘겨짚기와 덮어씌우기 수법이다.

고스와미의 말을 믿자면, 초기에 격리 수감이 해제되고 우리가 서로 자유로이 오가고 나중에는 같은 공간에서 함께 지낼 수 있게 된 것은 고스와미 자신의 공로였다. 그렇게 함께 모여 있어야 정보를 쉽게 캐낼 수 있다고 고스와미가 경찰에 제안했다는 것이다. 그러나 고스와미의 많은 말들처럼 이 역시 믿기 어렵다. 달리 박사는 자신이 에머슨 소장에게 그렇게 제안했다고 했고 달리 박사의 말이 더 신빙성 있다. 달리 박사의 제안에 따라 우리의 수감 방식이 변하자 이 상황을 경찰이 이용했을 수는 있다. 어떤 경로로 그렇게 되었든, 수감 방식이 변해 모두 한 공간에서 함께 지내게 되자 모두들 너무나 기뻐했다.

나만은 예외였다. 나는 그때 정신적 수련이 아주 빠른 속도로 진행 중이었기 때문에 여러 사람들과 함께 지내고 싶지 않았다. 당시 나는 어느 정도의 영적 안정에 도달했지만 아직 완전한 상태는 아니었다. 여러 사람들과 함께 있다보면 다른 이들의 사고가 아직 완숙하지 못한 새로운 관념들을 압박하여, 새로 도달한 존재의 상태가 어려움을 겪거나 쓸려나갈 수도 있었다. 실제로 그런 일이 벌어지기도 했지만 그때는 몰랐다. 나의 영적 체험이 완전해지기 위해서는 반대의 감정을 분출할 필요가 있다는 것을. 그리하여 내적 안내자께서 달콤한 홀로 있음에서 나를 꺼내시어 격렬한 외계 활동의 흐름 한가운데로 집어던지신 것이다.

그러나 어쨌거나 다른 친구들은 모두 기뻐서 어쩔 줄 몰랐다. 그 밤, 그 큰 방에서 헴찬드라 다스, 사친드라 센 등등의

가수들이 노래를 불렀고, 모두가 한자리에 모여 새벽 두세 시가 되도록 말똥말똥한 정신으로 즐겁게 놀았다. 호탕한 웃음소리, 끝없이 흘러나오는 노랫가락, 숨가쁘게 이어지는 이야기들이 우기에 범람하는 강처럼 흘러넘쳤다. 고요했던 감옥이 시끌벅적한 신바람으로 들썩거렸다. 급기야 하나둘씩 곯아떨어졌지만 눈을 뜰 때마다 여전히 그 웃음소리, 노랫소리, 이야기소리는 계속되고 있었다. 아침이 다가오자 그 흐름도 잦아들고, 가수들도 잠들었다. 우리의 감옥에 다시 고요가 찾아왔다.

감옥과
자유

우리 인간은 외계에 대한 감각 안에 갇혀 있는 환경의 피조물이다. 마음의 움직임은 그러한 외적 감각에 의존한다. 심지어 이성마저도 물질의 한계를 넘기 어렵다. 삶의 기쁨과 슬픔은 외부 세계에서 일어나는 일들에 대한 반응에 지나지 않는다. 말하자면 노예상태나 다름없는데 이는 몸이 우리를 지배하고 있기 때문이다. 『우파니샤드』에서는 이렇게 말한다.

"신은 우리의 몸을 외부로 향하게 해놓으셨다. 그래서 인간의 영혼은 끊임없이 우리의 내면이 아닌 바깥 세계를 응시한다. 영원불멸을 욕망하는 이곳저곳의 현자라고 하는 사람들도 자신의 내면을 바라보려고 하지 않는다."

보통 인간의 삶을 바라보는 육체의 눈, 외부로 향한 눈은 우리의 몸을 바라본다는 점에서 우리의 지지를 받는다. 우리가 유럽인들을 유물론자라고 부르지만 사실 모든 인간은 유물론자다.

몸은 종교적인 삶을 완성하기 위한 하나의 도구, 많은 말들이 끄는 수레다. 우리는 몸이라는 수레를 타고 세상이라는 길을 달린다. 그러나 우리는 몸의 중요성을 잘못 받아들여, 외부 세계의 행동과 피상적인 선과 악이 뒤섞여 있는 자신을 발견하는 물리적인 마음에 큰 중요성을 두었다. 이 같은 무지의 결과가 평생에 걸친 노예적 속성과 종속이다. 기쁨과 슬픔, 선과 악, 풍족함과 위험은 그것들이 원하는 대로 우리의 마음 상태를 만들도록 우리를 내몰고, 우리는 우리가 생각한 욕망의 파도에 휩싸여 표류한다.

우리는 쾌락을 탐하고 슬픔을 두려워하면서 타자에 의존한다. 그리고 타자의 기쁨과 슬픔을 받아들이면서 끝없는 비참과 굴욕감에 시달린다. 왜냐하면 그 타자가 사람이든 자연이든, 누구이든 무엇이든 우리의 몸을 컨트롤하든 아니면 우리의 몸이 완전히 그의 힘이 미치는 범위 안에 들어가든, 우리는 그의 영향력에 굴복할 수밖에 없기 때문이다. 그 극단적인 예가 적의 손에 떨어지거나 감옥에 갇히는 일이다. 그러나 어떤 사람이 친구와 유쾌한 동료들에 둘러싸여 있을 때는,

그 사람의 존재 조건이 감옥 안에 있는 것과 같다고 하더라도 자유롭게 움직일 수 있다. 몸은 감옥이고, 몸 중심의 지성, 즉 계측하는 무지가 우리를 가두는 적이다.

이 투옥의 상태는 인간에게 항구적인 조건이다. 그러나 다른 한편으로 우리는 문학과 역사의 매 페이지에서 자유를 얻기 위해 내달리는 인간의 억제할 수 없는 열정과 열렬함을 발견한다. 정치사회적 분야에서 그런 것처럼 매 시기 개인적 삶에서도 우리는 자유을 얻기 위해 같은 노력을 한다. 자제, 자기 고문, 무심, 스토아주의, 에피큐리아주의, 금욕주의, 범신론의 베단타 철학, 불교, 불이론不二論(Advaita), 마야(Maya) 원리, 라쟈 요가(Raja Yoga), 하타 요가(Hatha Yoga), 『바가바드기타』, 지혜의 길, 헌신과 행동들. 이처럼 길은 많지만 종착지는 같다. 몸에 대한 승리, 육체의 지배를 없애는 것, 내적 삶의 자유가 항상 그 목표이며 종착지이다.

서양 과학자들은 물질 이외의 세계는 없으며, 신비한 것 (the subtle)도 물질에 기초를 두고 있고, 신비한 경험 또한 외적 경험이 반영된 것에 불과하며, 자유를 꿈꾸는 인간의 노력들은 공허하게 끝날 것이라고 한다. 철학과 종교, 베단타는 하나의 비현실적인 상상에 지나지 않고 그 역시 전적으로 물리적 실재에 의해 제한되어 있다고 본다. 그리하여 이러한 물리적 속박을 풀거나 넘어서려는 일체의 시도는 실패할 수밖에 없다는 것이다. 그러나 자유를 향한 바람은 인간 내면의 가장 밑바닥에 깊이 자리 잡고 있는 것이어서 아무리 많은 변설과 주장도 이를 없앨 수 없다.

인간은 자연과학의 결론에 만족하면서 머물러 있을 수 없다. 지난 모든 시대를 통틀어 인간은 육체의 한계를 극복할 수 있는 신비한 요소가 자신의 내면에서 마침내 발견되고야 말 것이라는 막연한 감정을 가져 왔다. 그것은 영원히 자유롭고 기쁨이 충만해질 수 있는 신격, 즉 사람 내부에 있는 내적 통제자를 찾을 수 있다는 느낌이다. 그리고 이 영원한 자유, 순수한 기쁨의 상태를 실현하는 것이 종교의 목표이다. 또 이런 종교적 탐구의 목표는 과학이 말하는 진화의 목표이기도 하다.

단지 이성의 유무가 인간과 동물을 구분 짓는 진정한 차이는 아니다. 동물도 판단의 힘을 갖고 있다. 그러나 동물의 몸에서는 그와 같은 힘이 발전하지 않는다. 인간과 동물을 구분하는 진정한 차이는 다른 곳에 있다. 몸에 완전히 굴복하는 것이 동물적 상태를 형성하는 것이고, 몸을 정복하면서 내 안의 자유를 향해 나아가는 것, 여기에 인간의 인간다움이 있다. 자유는 종교의 최고 목표이다. 이것이 이른바 해탈 또는 해방이다. 지식을 통해 우리가 몸의 정신적 안내자, 내 안에 살고 있는 생을 발견해내려 노력하는 것도 이 해탈의 열망 때문이다. 또 헌신적 행동을 통해 우리의 몸과 마음 그리고 생을 그 해탈을 추구하는 데 바친다.

이 자유가 『기타』에서 가르치는 요가이고, 『바가바드기타』의 핵심적인 윤리 명령, "요가 속에 일체되어 행동하라"(『바가바드기타』 II:48)이다. 외적인 선과 악, 풍요로움과 위험에 의존하는 대신 내적인 기쁨과 슬픔이 자발적이고, 자기 추진적이고, 자기 지향적인 것이 될 때 통상적인 인간의 조건이 역전되며, 외부적 삶이 내 안의 삶에 따라 재구성되고, 속박의 끈이 풀린다. 『바가바드기타』에서 가장 이상적인 인간은 행위의 결과를 바라는 욕망을 포기하고, 가장 높으신 신격 속에서 능동적인 포기를 실천하는 자이다. 이런 자가 바로 "기쁨과 슬픔 속에서도 마음이 흔들리지 않아 욕망에서 자유로운 자"이다 (『바가바드기타』 II:30).

이런 사람은 내면의 자유를 얻게 돼 스스로 기뻐할 수 있고, 스스로를 통제할 수 있다. 그는 보통 사람들과 달리 슬픔에 대한 두려움에서 벗어나 어떠한 외적 피난처도 추구하지 않는다. 슬픔에 대한 두려움 자체가 쾌락을 찾는 이유인 것이다. 그는 타자에게서 오는 기쁨과 슬픔을 받아들이지 않으며, 그렇게 하여 일체의 구속에서 벗어나 자유롭다. 신과 타이탄의 싸움에서 그는 신이 보낸, 미움과 두려움의 저 편에 서서 스스로를 강하게 통제하는 강력한 주역이 된다. 그는 요가를 행하는 자이다. 이것이 그를 정치·종교 혁명의 길로 안내하거나 기존의 국가·종교 질서를 지키면서 어느 것에도 얽매이지 않는 정신으로 신의 과업을 완수케 한다. 그가 바로 『바가바드기타』가 말하는 '뛰어난 자'이다.

근대라는 개념 속에서 우리는 낡은 것이 새로운 것으로 바

꿔는 전환점에 도달해 있다. 인간은 끊임없이 자신의 목표 지점을 향해 앞으로 움직인다. 때때로 그는 평지를 떠나 높은 곳으로 올라야 한다. 이 같은 오름의 시기에 지적 혁명이 일어나고, 국가와 사회, 종교에서 혁명이 일어난다. 물질적인 것에서 신성한 그 무엇으로 나아가는 준비가 이뤄지고 있다.

서양 과학자들의 정밀한 조사 연구와 우주 물리법칙의 발견 덕택에 상승의 길을 향한 시야가 넓게 열렸다. 서양의 '지성'이 광대한 내면의 세계로 첫발을 내디디고 있는 것이다. 그들 중 많은 자들이 외계정복의 유혹을 받고 있지만 말이다.

이와 별도로 또 다른 가시적인 신호들이 있다. 신지학神知學의 급속한 확산이 그것이다. 미국에서 베단타가 환영을 받고, 서구 철학과 사고방식이 인도에 의해 부분적으로 또 간접적으로 영향을 받고 있다. 그러나 가장 두드러진 신호는 예기치 못한 인도라는 존재의 갑작스러운 등장이다. 인도인들이 세계의 스승으로서 역할을 자임하면서 새 시대의 막을 열고 있는 것이다. 인도의 도움을 받지 못하면 서구인들은 진보를 향한 그들의 노력에서 성공을 거둘 수 없을 것이다. 내 안의 생을 꽃피우는 최고 수단인 수련도 그렇지만 궁극진리 (Brahman)나 자기지혜와 요가에 대한 지식에서 인도적인 것을 뛰어넘기 힘들다. 이는 자연의 정화, 감각을 통제하는 것, 궁극진리를 현실화하는 힘, 금욕적 수련에서 태어나는 힘인 해방적 에너지, 그 어느 것에도 얽매이지는 않는 행동이 주는 교훈에서도 비슷하다. 이 모든 것은 인도 그 자체인 것이다. 외적인 기쁨과 슬픔을 무시하여 내 안의 자유를 얻는 것은 인도적인 사람에게만 가능하며 그만이 어느 것에도 얽매이지 않는 정신 속에서 활동할 수 있다. 에고의 희생, 행동의 사심 없음이 인도 교육과 문화의 최고 목표로 인정되고 있다. 이것들이 인도 국민성의 씨앗이다.

이것이 진실임을 나는 앨리포어 감옥에서 처음으로 깨달았다. 그곳에 사는 자들은 보통 도둑과 강도, 살인자들이었다. 우리는 기결수들과 말하는 것이 금지되었지만 실제로 이런 룰은 엄격하게 지켜지지 않았다. 그곳에는 또 요리사와 급수 담당자, 청소부, 빨래하는 사람들이 있었는데 이들과의 접촉은 불가피했으며, 우리는 자주 자유롭게 서로 말을 할 수

콜카타에 있는 타고르 성 (1907).
성 위에는 영국국기가 매달려 있다.

있었다.

또 소위 '폭탄 테러 사건'으로 나와 함께 수감된 사람들은 어떤가? 우리를 기소한 자들은 그들을 가장 냉혹한 살인자들이라고, 차마 입에 담을 수 없는 표현으로 묘사했다. 결국 종합해서 볼 때, 인도의 국민성을 경멸에 가득 찬 시선으로 바라볼 수 있는 곳이 있다면, 그 가장 밑바닥의 가장 비열하고 가장 증오스러운 모습이 드러나는 곳이 있다면, 그곳은 아마 앨리포어 감옥일 것이다. 그런 곳에서 나는 열두 달을 보냈다. 그러나 그곳에서의 경험 덕택에 열 배나 커진 희망을 갖고, 인도인의 우수성에 대한 달라진 새로운 시각을 갖고, 인간성에 대해 더욱 강한 존경심을 갖고, 조국과 인류의 미래에 대한 진보와 복지에 대한 희망을 갖고 행동의 세계로 되돌아올 수 있었다. 이는 내가 지닌 본래의 낙관주의나 어떤 지나친 신뢰 때문이 아니다. 국민의회당의 열렬독립파 지도자인 베핀 팔 선생도 벅사 감옥에서 나와 같은 것을 느꼈다. 앨리포어 감옥에서 의사로 봉직하던 달리 박사도 이 견해를 지지했다.

달리 박사는 수많은 경험을 한 관대하고 현명한 사람이었다. 그는 감옥에서 매일같이 인간 심성 중 가장 나쁜 것들과 대면하고 있었다. 그런데도 그는 나에게 이런 말을 했다.

"인도의 평범하고 가난한 사람들 혹은 교양 있는 사람들, 사회에서 두각을 나타내는 자들 혹은 감옥에 갇혀 있는 자들, 이런 자들을 자주 만나면 만날수록, 그들의 이야기를 자주 들으면 들을수록 나는 한 가지 확신을 품을 수 있었는데, 인간으로서의 지닌 자질이나 품성에 있어서 그들이 나보다 낫다는 것이었습니다. 여기서 만난 앨리포어 사건의 젊은이들을 만나면서 나는 그 판단에 확신을 갖게 되었습니다. 그들의 행동, 성격, 여러 가지 높은 품성으로 보아 누가 그들을 무정부주의자 또는 암살자라고 판단할 수 있을까요? 그들 속에서 나는 잔인성과 난폭함, 불안감이나 상스러움이 아니라 그와 반대되는 덕목들을 발견합니다."

물론 도둑과 강도들이 감옥 안에서 형기를 채우면서 성인聖人이 되는 것은 아니다. 영국인들의 감옥은 사람을 교화하는 곳이 아니다. 그 반대이다. 사람의 성품과 인간성을 더욱 나쁘게 하는 도구가 그들의 감옥이다. 그래서 수감자들은 이곳으로 보내지기 전에 그랬던 것처럼 여전히 도둑이고 강도이다. 그들은 감옥 안에서도 도둑질을 하고, 엄격한 금지의 한가운데에서 마약을 하며, 끊임없이 남을 속인다.

그러나 그것이 어떻단 말인가? 인도인의 인간성은 이 모든 결함을 이겨낸다. 사회적 학대 때문에 넘어지고, 인간성의 상실 때문에 망가지고, 어둡고 흐릿하며 수치스러운 감정들의 왜곡이 성격에서 나타난다고 해도 그 안에서 인도인으로서 지니고 태어난 덕목에 힘입어 거의 사라진 인간성이 은밀하게 자신을 구하고 있는 것 같다. 이는 그들의 말과 행동에서 수시로 표출된다. 밖으로 드러난 더러운 것을 본 자들은 이를 경멸하며 얼굴을 돌린다. 그러면서 그들은 그들 속에서 인간성이 지닌 최소한의 흔적마저 발견하지 못했다고 말한다. 그러나 성스러움에 대한 자만심을 버린 자, 그가 갖고 태어난 자연의 맑은 눈으로 그들을 바라보는 자는 이런 견해에 결코 동의하지 못할 것이다. 벽사 감옥에서 6개월을 보낸 뒤 베핀은 도둑과 강도들 속에서 신을 보았다고 이곳 우타파라의 한

집회에서 공개적으로 말한 적이 있다. 앨리포어 감옥에서 나 또한 도둑과 강도, 살인자들 속에서 처음으로 힌두이즘의 근본 진리를 깨달을 수 있었다. 인간의 몸에서 신성한 존재를 깨달을 수 있었던 것이다.

누가 알겠는가? 이 나라에서 지옥과 같은 장기 복역을 하고 있는 수없이 많은 사람들이, 전생의 과오를 씻고 천상의 길로 향하고 있는, 실은 무고한 자들인지. 그런데 만일 종교적인 감정에 의해 순화되지 못하고, 신적인 품성을 갖고 있지 못한 평균적인 서구인들이 이런 상태에 떨어진다면 그들은 어떻게 될까? 서구 국가에 살고 있거나, 서구적 심성과 성격이 잘 표현된 서구 문학에 익숙한 사람이라면 쉽게 추측할 수 있을 것이다. 비슷한 상황이라면 그들의 눈물로 얼룩진 속세적인 심성은 짓눌린 분노와 슬픔 속에서 지옥의 암흑을 향해 움직일 것이고, 같은 수감자들을 보며 잔인성과 저열함을 배울 것이다. 그렇지 않다면, 극단적으로 허약해진 심신으로 인하여 강건함과 이성의 힘을 잃고 인간성의 찌꺼기만 남게 될 것이다.

앨리포어 감옥에 있던 한 무고한 사나이에 대한 이야기를 해보자. 절도죄로 기소된 이 사나이는 10년형을 선고받았다. 그는 소매치기였는데 무학이었고, 읽지도 쓰지도 못했다. 그가 의지할 수 있었던 것은 신을 믿고 인내하는 것뿐이었다. 그의 인내는 인도민족의 그것이나 다른 고상한 품성에 버금가는 것이었다. 삶에 대한 이 늙은이의 태도를 접하면서 나의 학식과 인고忍苦의 능력에 대한 내 자부심이 크게 흔들렸다. 그 노인의 눈에는 고요함과 다정함만이 담겨 있었고, 그의 말 또한 항상 우정과 상냥함으로 가득 차 있었다. 단지 아내와 아이들 이야기를 할 때만 고통스러워했다. 또 신께서 언제 그를 해방시켜 그분에게로 인도해주실지 궁금하다고도 했다. 그러나 나는 그가 절망하고 흔들리는 것을 한 번도 본 적이 없다. 신의 은총을 기다리면서 감옥 안에서 그가 맡은 바 일을 하면서 조용하게 보냈다. 그가 노력하고 생각하는 것들은 자신에 대해서가 아니라 타인의 편안함에 대해서였다. 불운한 자에 대한 연민의 감정과 친절함이 그의 태도에 배어났다. 타자에게 봉사하는 것, 이것이 그가 존재하는 이유였다. 그 높은 품성은 그의 겸손함으로 한층 더 돋보였다.

그가 나보다 천 배나 더 고귀한 심성의 소유자라는 것을 알고 나는 그의 겸손 앞에 부끄러웠다. 그는 신분이 낮은 죄수로 내 수감 생활을 도와주는 일을 했다. 그러한 사람의 봉사를 받고 있다는 사실에 무척 당황했지만, 그는 전혀 개의치 않았다. 그는 끊임없이 나의 안위를 걱정했다. 나에 대해서도 그랬고 다른 사람들에 대해서도 그랬지만 그의 친절한 관심과 겸손한 봉사와 존경심은 무고한 자, 불운한 자들에게 한층 더한 것 같았다. 그의 얼굴과 행동에는 자연스럽고 조용한 무게감과 위대함이 빛을 발하고 있었다. 그는 또 인도를 대단히 사랑했다. 친절과 관대함으로 가득 차 있던 이 노인의 흰 수염이 뒤덮여 있던 조용한 얼굴을 나는 항상 기억할 것이다.

우리가 무학자, '소 인민'으로 표현하는 인도 농민들이 오늘날 퇴락하고 있다고 하더라도 인도인을 대표하는 이 같은 품성은 여전히 발견될 것이다. 바로 이 때문에 인도의 미래는 희망차다. 교육받은 젊은이들, 무학의 농민들, 이 두 계급에 인도의 미래가 달려 있다. 인도민족의 미래는 이 둘의 혼합일 것이다.

나는 교육을 받지 못한 한 인도인에 대해 말했다. 이번에는 교육을 받은 두 젊은이에 대한 이야기를 해보겠다. 그들은 해리슨 로드의 나겐드라나트와 다라니 형제로 그들은 폭탄테러 사건에 연루된 젊은이의 친구라는 이유만으로 끌려왔다.

이 두 젊은이는 조용하고 당당한 태도로 그들에게 갑자기 닥친 불운을 참아내고 있었다. 그러나 그들에게 내려진 부당한 형벌은 정말 놀랄 만한 것이었다. 그런데 나는 그들에게서 젊은 날을 지옥과 같은 감옥에서 보내도록 한 잘못된 판결에 대한 일말의 분노와 비난 또는 괴로움을 발견하지 못했다. 그들은 서양 언어나 서양 학문은 잘 몰랐다. 모국어가 그들의 유일한 버팀목이었다. 그러나 나는 영어로 교육받은 자들 중, 이처럼 도량이 큰 사람들을 거의 발견하지 못한다. 그들은 사람에게도 신에게도 불평을 늘어놓지 않고 그들에게 내려진 형벌을 미소로 받아들였다. 이 두 형제는 영적 해방을 추구하는 삶을 사는 자였다.

그러나 성격은 서로 달랐다. 나겐드라는 강직하고 무거웠으며 지적이었다. 그는 신적 대화와 종교적 이야기를 좋아했다. 우리가 독방에 갇혔을 때 형무소 당국은 하루 일과가 끝난 뒤 우리가 책을 읽는 것을 허용했다. 나겐드라는 『바가바드기타』를 요청했는데 성경이 주어졌다. 증인석에서 그는 성경을 읽고 난 느낌을 나에게 말하곤 했다. 나겐드라는 『바가바드기타』를 읽은 적이 없다. 그런데 그는 성경에 대해서가 아니라 바로 『바가바드기타』의 내적 감각에 대해서 말하고 있었다. 놀라운 일이었다. 『바가바드기타』를 읽지 않고서도 성경을 통해서 결과를 바라는 욕망의 포기와 평등, 일체의 모든 사물에서 신성함을 볼 수 있다는 것은 결코 무시할 수 없는 내적 생활 또는 영적 능력의 지표이다.

다라니는 나겐드라만큼 지적이지는 않았다. 그러나 온순했고, 천성적으로 부드러웠으며 기질적으로 헌신적이었다. 그는 항상 신성한 모성애에 대한 명상에 깊이 가라앉아 있었다. 그의 얼굴을 빛나게 하는 은총의 빛과 순진한 웃음소리, 조용한 헌신적 태도를 보고 있노라면 우리가 감옥 안에 갇혀 있는 것을 깨닫기 어려울 정도였다. 이 두 사람을 아는 사람이면 어느 누가 벵골이 저급하고 비천한 곳이라고 할 수 있겠는가? 이 힘, 이 인간다움, 이 성스러운 불길이 잿더미 속에 숨어 있을 따름인 것이다.

　나겐드라나트와 다리니 둘 다 모두 죄가 없었다. 그들은 억울하게 옥에 갇혀 있었지만 외적 기쁨과 슬픔에 휘둘리지 않았다. 그들이 부여받은 자질, 그리고 그들 자신의 수련의 힘에 의해 내적 생활의 자유를 견지할 수 있었던 것이다.

　이 같은 인도 국민성의 미덕은 진짜 범죄자들 사이에도 나타난다. 내가 머문 엘리포어의 경우 미결수 중 한 둘을 제외하고는 도둑과 강도, 살인자들이었다. 우리는 그들과 접촉하고 있었는데 행동도 좋았고 여러가지 도움을 받았다. 근대 교육에 의해 못되게 된 자들 사이에 오히려 이런 자질이 결여되어 있었다. 근대 교육은 자부할 만한 나름의 많은 장점이 있겠지만, 겸허함과 사심 없는 헌신은 그 장점에 속하지 않는다.

　인도민족의 교육에서 가장 값진 것이라고 할 친절함과 연민의 정신을 나는 도둑과 강도들 사이에서도 발견했다. 세탁부와 청소부, 급수 담당들, 그들 모두 자신의 잘못이 아닌데도 독방에 감금당하는 고됨과 비참함을 겪고 있었다. 그러나 그들은 그에 따른 분노와 괴로움을 우리에게 결코 표출하지 않았다. 때로 그들은 인도인 간수들에게 그들의 괴로움을 털어놓기도 했다. 그러나 동시에 즐거운 마음으로 우리들이 풀려나기를 기도하곤 했다. 어느 이슬람교 신자는 우리 사건과 관계된 어린 축에 드는 젊은이들을 자기 아이들처럼 사랑했는데 헤어질 때는 눈물을 감추지 못했다. 그는 이 젊은이들이 애국심의 대가로 고통과 굴욕을 치르고 있음을 지적했다. 그리고 슬퍼하며 다음과 같이 말했다.

"보시오. 이들은 신사이며 부잣집 도령들이오. 이들이 지금 이런 고통을 당하고 있는 것은 가난한 사람, 괴로운 사람들을 도우려다가 이렇게 된 것입니다."

서구 문화를 자랑스러워하는 자들, 그들에게 나는 이렇게 묻고 싶다. 낮은 신분의 범죄자들에게서 발견되는 이 같은 자기통제, 자비심, 관대함, 감사하는 마음, 타자에 대한 사랑을 영국의 도둑과 강도들에게서도 발견할 수 있는가? 유럽이 쾌락의 땅이라면, 인도는 희생의 땅이다. 『바가바드기타』는 선한 신적 존재 데바(deva)와 악한 신적 존재 아수라(asura)라는, 두 종류의 피조물을 묘사한다. 인도인은 본질적으로 데바이고, 서구인은 아수라이다. 그러나 인도민족 교육의 실종과 더불어 찾아온 이 깊은 암흑의 시대에 무기력이 지배하면서 국가적 쇠락 속에서 우리는 아수라의 열등 인자들에 물들어가고 있는 데에 반해, 서구인들은 국가적 진보와 인류 진화에 힘입어 데바의 우등 인자를 그들의 것으로 취하고 있다. 그렇지만 그들이 지닌 데바의 자질 속에는 아수라의 그 무엇이, 우리의 아수라의 자질 속에는 데바의 그 무엇이 자리 잡고 있음을 흐릿하게나마 감지할 수 있다. 그들 중 가장 뛰어난 자들에게서도 아수라의 자질이 완전히 없어지지 않은 것이다. 열성 표본들을 가지고 두 문화를 비교해보면 진실은 금방 드러난다.

이 주제를 두고 써야 할 것들이 참 많다. 그러나 글이 너무 길어질 것 같아 참는다. 감옥에 있을 때 내가 내적 자유를 발견하는 계기가 되었던 그들의 안내야말로 신을 향하는 강렬한 마음의 전형이다. 이 주제와 관련하여 앞으로 또 하나의 글을 쓰고 싶다.

인도민족의 이상과
세 가지 기질

〈감옥과 자유〉라는 제목의 에세이에서 나는 몇몇 죄 없는 죄수들의 심리상태를 묘사하면서 인도인들이 선조들로부터 물려받은 말할 수 없이 값진 유산인 내적 자유가 인도민족적 수양에 힘입어 감옥 안에서도 파괴되고 있지 않음을 증명하려고 했다. 정말 수천 년의 세월 속에 갈무리된 신의 섭리와 같은 그 무엇, 진정한 인도인의 본질과 같은 그 무엇이 감옥에 갇혀 있는 범죄자 중 가장 극악한 자들의 안에서까지 여전히 남아 있었던 것이다. 맑고 평화로운 기운인 사트바적인 기질이 인도민족적 수양의 주요 원칙이다.

사트바적인 자는 순수하다. 보통 인간 존재는 순수하지 못하다. 비순수성은 공격적이고 움직이는 기운인 라자스의 지배와 어둡고 정체된 기운인 타마스의 높은 밀도에 의해 양육되고 증폭된다. 마음의 비순수성에는 두 가지 종류가 있다.

첫째가 일하고자 하는 마음을 갖지 않은 데 따른 무기력 또는 비순수성이다. 이는 타마스에 의해 생산된다. 둘째가 나쁜 충동에 따른 흥분 또는 비순수성이다. 이는 라자스에 의해 촉발된다. 타마스의 양상을 보여주는 신호들이 무지와 망상, 거친 지성, 체계적이지 못한 사고, 게으름, 너무 많이 자는 것, 일에 싫증을 내면서 짜증을 부리는 것, 비관주의, 의기소침한 것, 두려워하는 것들이다. 한마디로 노력의 결핍을 부추기는 것이 그 신호이다. 무기력과 무관심은 무지의 결과이고, 흥분과 나쁜 경향성은 잘못된 앎의 결과이다.

그러나 타마스의 비순수성을 제거하고자 한다면 라자스의 증대에 의해서만 가능하다. 라자스는 충동과 노력의 원인이고, 이것들이 초연해지기 위한 첫걸음이다. 무기력한 자는 진실로 초연해질 수 없다. 무기력의 상대는 앎이 결여된 상태이다. 앎이야말로 정신적인 초연함에 이르는 길이다. 욕망을 갖지 않고 일에 몰입하는 자는 초연하다. 일에서 떠나는 것이 자유가 아니다. 철학자인 스와미 비베캐난다가 인도의 깊은 타마스에 주목하면서 "우리에게 필요한 것은 라자스적 기질이다. 이 나라는 행동하는 영웅들을 필요로 한다. 강한 충동의 파장을 흐르게 하자. 비록 악마가 그 뒤를 따른다고 하더라도 타마스적인 무기력보다는 천 배나 낫다"는 말을 되풀이했던 것도 이 때문이다.

타마스에 깊게 침잠한 채 사트바를 들먹이며 우리는 흔히 자기가 아주 순수한 존재인 체하며 뽐낸다. 우리가 순수하기 때문에 라자스적인 국가들에 의해 정복당했고, 우리가 정신적이기 때문에 낮아지고 뒤떨어져 있다는 견해를 여러 사람들이 갖고 있음을 나는 알고 있다. 반면 기독교 국가들은 실질적인 결과를 믿는다. 그들은 기독교가 현실 세계에 가져온 결과들을 보여줌으로써 그들 종교의 우월성을 입증하려고 한다. 그들은 기독교 국가가 세계에서 가장 우뚝 선 국가들이며 따라서 기독교가 가장 위대한 종교라고 말한다. 한편 우리 인도인 중의 많은 사람들이 기독교에 대한 그와 같은 주장은 잘못된 것이라고 하면서 또 다른 주장을 폈다. 이 세계에서 종교를 통해 무엇을 얻느냐에 따라 종교의 우월성 여부를 판정하는 것은 불가능한 것이고 다음 세계에 어떤 결과를 가져

오느냐를 고려해야 한다는 것이다. 그리고 힌두교도가 강하고 거대한 나라에 종속되어 있는 것은 바로 힌두교도들이 좀 더 종교적이기 때문이라 한다.

그러나 이 같은 주장은 인도민족의 지혜에 배치되는 치명적인 결함을 내포한다. 순수함은 결코 추락의 원인이 될 수 없다. 뛰어나게 순수한 나라가 노예의 사슬에 묶여 있을 수는 없는 것이다. 진정한 브라만의 정신적인 힘은 사트바에서 나오는 것이고, 또한 크샤트리야의 용감함은 정신적 힘의 토대이다. 조용한 정신적인 힘의 꽃이 필 때 거기에서 크샤트리야의 용기의 불꽃이 사방으로 퍼져나가며, 모든 것이 그 상태에서 불타오른다. 크샤트리야의 용감함이 없는 곳에서는 정신적인 힘 또한 살아남을 수 없다. 이 땅에 진정한 브라만이 있다면 그는 수많은 크샤트리야를 창소해낼 것이다.

이 나라가 추락하고 있는 것은 사트바의 지나침보다 라자스의 부족함과 타마스의 절대적인 우세함에 그 원인이 있다. 라자스가 모자라기 때문에 우리 안의 고유한 사트바가 허약해지고 타마스 안에서 자기 자신을 숨긴다. 게으름, 망상, 무지, 무관심, 비관주의, 의기소침, 역동적인 노력의 부족과 더불어 이 나라의 조건은 한층 더 나빠지고 한층 더 깊게 추락한다. 이 어둠이 처음에는 엷고 성기지만 시간이 지나면서 점차 짙어지고, 우리는 무지의 어둠에 가라앉아 높은 열망도 위대한 노력도 잃게 된다. 그렇게 해서 신이 보낸 위인들이 나타나도 어둠은 전혀 흩어지지 않는다. 그래서 태양의 신은 라자스가 일으키는 충동을 통해 이 나라를 구하기로 결정하셨다.

라자스가 일어나 강하고 적극적일 때 타마스가 사라지는 경향이 보이는 것은 사실이다. 하지만 라자스만의 득세는 방탕함과 악의 충동, 완전한 절제력의 결여와 같은 악마적 품성의 위험이 있다. 라자스의 힘이 잘못된 목표를 달성하기 위한 거대한 독단적 기질의 자기만족적인 독자적 추진력 아래서 움직이게 된다면, 이런 라자스를 우려할 만한 이유가 충분하다. 어떠한 통제도 없이 그 자신의 길만을 따라갈 때 라자스는 오래 지속될 수 없다. 권태가 뒤따르고, 타마스가 나타나며, 하늘은 밝아지는 대신 다시 어두워지며, 한바탕 태풍이 분 뒤 공기의 흐름은 또다시 없어진다. 혁명 후의 프랑스의

1907년 인도 국민회의당 수라트 대회.
가운데 앉은 이가 오로빈도이며 그의 왼편에서 발언하고 있는 사람이
인도독립운동의 저명한 지도자 발 티락

운명이 그러했다.

프랑스혁명에는 라자스의 놀랄 만한 발현이 있었다. 그러나 그 끝자락에 일정 부분 타마스가 다시 나타나고, 또 다른 혁명, 피로, 힘의 상실, 쇠락이 잇달았다. 이것이 지난 세기 프랑스의 역사이다. 프랑스의 가슴에 자유, 평등, 형제애의 이상에서 사트바의 영감이 피어오를 때마다 라자스는 점차 지배적인 위치를 차지하면서 그 자신의 취향을 만족시키려고 했고, 그렇게 해서 사트바에 반대하는 악마적 양상으로 그 자신을 전환시켰다. 그 결과 타마스의 재등장과 더불어 프랑스는 그 이전의 힘을 잃고, 슬픔과 절망 속에서 천당도 지옥도 아닌 곳에 서 있는 불확실한 상태에 빠졌다.

라자스를 사트바에 봉사하는 쪽으로 강력하게 추동하는 것만이 이 같은 결과를 피하는 길이다. 사트바적인 성향을 일깨우고, 이것이 라자스의 안내자가 될 때 타마스, 즉 통제되지 않는 힘이 다시 나타날 위험은 사라질 것이며, 국가와 세계는 극기와 통제 아래에 높은 이상에 따라 아주 좋은 일을 많이 할 수 있게 될 것이다. 정신적인 요소들, 즉 이기심을 버리고 타자의 복리를 위해 자신의 모든 에너지를 전개하는 것, 신 앞에 자신을 굴복시켜 위대하고 순수한 희생을 생의 전부로 삼는 것이 사트바를 불러일으키는 길이다.

『바가바드기타』에도 사트바와 라자스가 함께 힘을 모아야만 타마스를 제압할 수 있으며, 사트바만으로는 타마스를 정복할 수 없다는 말씀이 있다. 근대 유럽을 보면 신이 종교적인 정신과 내면의 사트바를 불러일으킨 뒤 다시 라자스의 힘을 온 세계로 확장시키고 있는 것도 이런 이유다. 과부를 순장하는 풍습을 없애고 힌두사상을 세계에 알린 람모한 로이처럼 위대한 영혼들과 종교 지도자들이 사트바를 일깨워 새로운 시대를 열었다.

그러나 19세기 정치적, 사회적 분야에서는 종교에서만큼의 각성이 없었다. 이 분야에서는 아직 준비가 덜 되어 있었기 때문이다. 그 때문에 풍성하게 씨를 뿌렸는데도 거둘 것이 없었다. 바로 이 점에서도 신께서 인도에 얼마만큼 친절하고 만족해하였는가를 볼 수 있다. 라자스에 의해서만 불러일으켜진 각성은 오래가지도 못하고 완전히 은혜로운 것만도 아니다. 먼저 민족의 마음속에 사트바적인 정신적 힘을 어느 정도까지 북돋아야 한다. 그 오랫동안 라자스의 흐름이 묶여 있었던 것도 그 때문이다.

그러나 1905년 이후 벵골 분리령을 계기로 인도 전역에서 거세게 일어난 독립의 기운은 라자스의 힘이 표출된 것이지만, 여기에는 사트바적인 요소들이 가득 차 있다. 통제되지 않는 열정으로 기우는 경향이 없지 않지만 결코 극한에 이르지는 않는다. 라자스와 사트바가 함께 작용하고 있기 때문이다. 어떤 흥분이 솟아오르더라도 이는 곧 다스려지고 갈무리될 것이다. 외부의 힘에 의해서가 아니라 내면의 정신적인 힘과 사트바적인 요소에 의해 흥분은 곧 정복되고, 자기 통제 아래에 들게 될 것이다. 우리는 오로지 종교적인 정신을 확대함으로써 이 사트바적 자질을 키워나갈 수 있다.

이미 말했듯이 우리의 모든 힘을 다른 이의 복리 증진에 바치는 것이 사트바를 키워나가는 방법들 중 하나이다. 그리고 우리들의 정치적 각성에도 이 정신이 어떤 작용을 하고 있는지를 보여주는 수많은 증거들이 있다. 그런데 이 정신은 유지하기가 어렵다. 개인도 그렇고 국가나 민족은 특히 더 그렇다. 이기적 관심은 부지불식간에 다른 사람의 복리에 대한 관심과 뒤섞인다. 그리고 우리의 사트바에 대한 이해가 순수하지 못하면, 다른 사람의 복리를 위한다는 이름으로 우리 자신의 이기심을 추구할 수도 있다. 그래서 내 이웃과 우리나라의 선, 그리고 인간성을 희생시키고도 여전히 잘못을 깨닫지 못할 수 있다. 신을 섬기는 것은 사트바를 증진시키는 또 하나의 수단이다. 그러나 이 길에서도 선이 반대쪽으로 전환될 수 있다. 신에 근접하는 환희를 맛본 뒤 삶 속의 일에 대한 사트바적 무관심이 쌓여갈 수 있는 것이다. 고통 받고 있는 나라와 사람들을 위한 일에서 등을 돌릴 수 있는 것이다. 이것이 사트바적 기질의 '속박'이다. 라자스에서 이기심이 있는 것처럼 사드비에서도 이기심이 있다. 죄가 우리를 구속하는 것처럼 덕도 우리를 구속한다.

욕망으로부터 완전히 자유롭고 이기심을 포기하면서 신에게 우리 자신을 내맡기지 않는 한 완전한 자유는 있을 수 없다. 이 두 가지 해로운 것들을 버리기 위해서는 순수한 이해력을 갖지 않으면 안 된다. 몸과 정신이 같은 것이라는 생각을 멀리한 뒤 정신적 자유를 획득하는 것은 이해력이 순수해지기 전 단계다. 그때 마음은 자유로워지고, 영혼에 복종하게 된다. 그런 다음, 마음을 정복하면서 이해력의 도움을 받아, 인간은 어느 정도 자기중심주의에서 벗어날 수 있게 된다. 그렇다고 하더라도 모든 것이 끝난 것은 아니다. 정신적 해방의 욕구, 타자의 비참함을 잊은 채 자기만의 환희의 세계에 빠져들고자 하는 소망이 최후의 이기심이다. 이것마저 버려야 한다. 모든 피조물에는 참자아가 있음을 깨닫고 그 참자아를 섬기는 것이 해독제다. 이것이 사트바를 완전하게 하는 방법이다. 그리고 이보다 더 높은 상태가 아직 남아 있다. 사트바를 완전히 넘어서고 자연의 양상 저편으로 건너가 신에게서 피난처를 찾는 것이 그것이다. 『바가바드기타』에서는 이런 사람을 다음과 같이 묘사한다.

영혼이 관망자가 되어 세 개의 기질(Guna)을 보고
모든 일의 행위자가 되는 세 개의 기질에 표현된 신의 힘을 보고

그분께서 세 기질 너머에 계셔 에너지를 움직이는 것을 깨닫게 되면

그는 신성한 상태와 위치에 도달할 수 있다.

그러면 몸을 입은 영혼은

혹은 거칠고 혹은 섬세하게 뒤엉킨 세 기질을 넘어서서

생로병사로부터 자유로이 불멸을 누릴 수 있다.

……

사트바가 낳은 지식도 라자스가 낳은 충동도

나태와 무감각과 현혹을 낳아 심신에 먹구름을 드리우는 타마스도

이 셋을 넘어선 자는 피하지도 싫어하지도 않는다.

세 기질이 나타나고 사라지는 데 임하여

그는 높고 멀리 있는 지처럼 평정 속에서 흔들리지 않는다.

그 모든 행위와 활동이 기질들이 얽히고 펼쳐진 것임을 알기에

조금도 그를 불편하게 할 수 없다.

행복과 불행, 즐거움과 괴로움, 칭송과 비난, 금과 흙덩이가 한 가지인 자

그는 그 자신 속에서 차분하고 조용하며 동요하지 않는다.

영예와 모욕이 한 가지고 친구와 적이 모두 귀하며

모든 일을 하되, 스스로를 위해 도모하지 않고

그 모든 일을 신성한 존재에 복속시키고 그분의 영감 아래 두는 자,

그를 세 기질의 위에 선 자라고 한다.

흠 없는 사랑과 헌신의 요가로 나를 섬기는 자

이 세 기질을 건너 브라흐만의 땅에 이르게 되리

(『바가바드기타』 XIV:19, 20, 22-26)

기질(Guna)을 넘어서는 이 경지는 모든 사람이 도달 가능한 경지가 아니지만 뛰어나게 사트바적인 자가 그 직전의 경지에 도달하는 것이 불가능하지는 않다. 그 첫 번째 발걸음이 사트바적인 이기심을 버리는 것, 일체의 행위 속에서 세 기질을 움직이는 거룩한 힘이 작동하고 있음을 보는 것이다. 이것을 알면서 사트바적인 일꾼은 자신이 '행위자'라는 생각을 버리고, 자신을 신에게 복속시키면서 그의 일을 다한다.

기질에 대해 그리고 그를 초월하는 것에 대해 우리가 지금까지 말해온 것들이 바로 『바가바드기타』의 기본 가르침이다. 그러나 이 가르침은 널리 수용되지 않았다. 우리가 지금까지 인도민족교육으로 알고 있는 것은 거의 대부분 사트바적 자질의 계발이다. 라자스적 경향에 대한 높은 평가는 크샤트리아적 질서의 해체와 함께 이 나라에서 끝이 났다. 무굴제국의 쇠퇴와 붕괴가 그것이다. 그런데 이제야말로 민족의 생명력 안에 라자스의 힘이 다시 힘차게 솟구쳐 올라야 할 때다. 현재 인도민족의 관심이 『바가바드기타』로 쏠리고 있는 것은 바로 이 때문이다.

『바가바드기타』의 가르침은 고대 인도민족의 지혜에 기초를 두고 있는 것이지만, 그러한 시대의 제약을 뛰어넘는다. 그 실천적 가르침은 라자스적 자질을 두려워하지 않는다. 『바가바드기타』 안에는 라자스를 압박하여 사트바적 목표에 봉사하도록 하는 방법이 있는가 하면, 땀 흘려 노동하는 길을 통해 정신적 해방에 이르는 방법도 안내해준다. 이 가르침을 실천하기 위해 이 나라가 어떻게 마음의 준비를 해야 할 것인지에 대해 처음 이해할 수 있었던 때는 감옥에서였다. 시대의 이 흐름은 아직 투명하지 않고, 오염되어 순수하지 못한 상태다. 그러나 지나치게 넘치는 힘이 조금만 속도를 줄인다면 순수한 에너지가 분출되어 나올 것이다.

나와 같은 건으로 기소되어 함께 투옥되었던 사람들 중 상당수는 무죄판결을 받았으나 나머지는 내란 음모의 유죄판결을 받았다. 인간 사회에서 살인 이상의 중죄는 없다. 물론 나라의 이익을 위해 살인을 행하는 자의 개인적 품성은 결코 나쁘지 않을 것이다. 하지만 그렇다고 하더라도 사회적 관점에서 보면 죄의 무게가 줄어들지는 않는다. 또 마음 깊숙한 곳에 살인의 흔적이 새겨져 있고, 마음에 튀긴 핏방울처럼 잔인성이 침범해 들어와 있음을 인정할 수밖에 없다.

잔인성은 야만의 특성이다. 그러나 동시에 잔인성은 진보를 향해 진화해가면서 인류가 자유로워지는 맨 첫 번째 것이다. 우리가 이를 완전히 버릴 수만 있다면 인간성 상승의 길에 심어져 있는 위험한 가시 하나가 뽑혀질 것이다. 기소된 자들이 유죄라고 추정할 수는 있겠지만 그것은 단지 지나치게 넘쳐흐르고 통제되지 않은 라자스적 힘의 일시적 표출로 이해하지 않으면 안 된다. 그들 안에도 사트바의 힘이 숨어 있을 것이고, 따라서 잠정적인 수양의 부족이 경종을 울릴 이유는 되지 않는다.

내가 앞에서 이야기한 내적 자유는 동료들의 천성 중 하나였다. 우리가 큰 방에 함께 수감되어 있던 그 시절 나는 많은 관심을 갖고 그들의 행동과 심리 상태를 관찰했다. 그들 중 두 사람을 제외하고는 어느 누구의 말과 표정에서도 두려운 흔적이 보이지 않았다. 그들은 거의 모두가 젊은이들이었고, 심지어는 소년들도 많았다. 마음이 강한 자라도 유죄로 인정될 경우 그에게 떨어질 가혹한 형벌에 생각이 미치면 심란해질 수밖에 없을 것이다. 더군다나 이들 젊은이들은 재판에서 무죄 판결을 받을 희망이 거의 없었다.

특히 법정에 제출된 증거와 증언이라는 것들의 놀라운 음모적 성격을 접하다보면 법에 별로 조예가 깊지 않은 사람들은 아무리 무고하더라도 그 그물망에서 도망갈 방도를 찾지 못할 것이라는 생각을 쉽게 하게 된다. 그런데도 그들의 얼굴에는 두려움과 낙담 대신 즐거움과 순진한 미소가 있었으며, 다가오는 위험을 잊고 자신들의 조국과 종교에 대해 토론하고 있었다. 우리 방의 모든 사람이 몇 권씩 책을 갖고 있었으므로 감방은 하나의 작은 도서관이 되었다. 이 도서관에 있던 책들은 거의 대부분 『바가바드기타』, 『우파니샤드』, 비베캐난다의 저서들, 라마크리슈나의 생애와 대화, 찬송가와 성가와 같은 종교 서적이었다. 또 그중에는 바킴찬드라의 저서들, 애국의 노래들, 유럽 철학과 역사, 문학에 관한 책들도 있었다.

그들 중 몇몇 사람은 아침마다 정신 수양을 했으며, 일부는 책을 읽고, 일부는 조용히 잡담을 나누었다. 가끔 아침의 평화로운 분위기를 깨뜨리는 폭소가 터지기도 했다. 재판이 열리지 않을 때는 어떤 사람은 잠을 자고, 어떤 사람들은 게임을 했다. 그것이 무엇이었든 어느 누구도 특별한 그 무엇에 매달리지는 않았다. 어떤 날은 둥그렇게 원을 그리며 앉아 조용한 게임을 하고, 어떤 날은 달리기나 높이뛰기를 했다. 또 이것저것을 모아 만든 공을 가지고 축구를 하는 날도 있고, 까막잡기 놀이를 하는 날도 있었다. 어떤 날은 그룹을 지어

유도, 높이뛰기와 멀리뛰기, 또는 체스를 서로 가르치고 배우며 즐거운 시간을 보냈다. 나이 든 사람이나 진짜로 마음 내켜하지 않는 몇 사람을 제하고는 모든 사람들이 소년들이 이끄는 대로 게임에 참가했다.

나는 결코 어리다고 할 수 없는 사람들마저 어린이와 같은 순수한 마음을 지니고 있음을 보았다. 저녁이면 음악의 밤이 열리고, 애국의 노래와 종교적인 노래를 불렀다. 우리는 둥그렇게 둘러앉아 뛰어난 가수였던 울라스, 사친드라, 헴다스가 부르는 노래를 들었다. 어떤 날 저녁에는 여흥으로 울라스카르가 코믹한 연기와 노래를 하거나 복화술과 무언극을 했다. 또 마리화나 중독자에 관한 이야기를 들려주었다. 어느 누구도 다가올 재판에 주의를 기울이지 않았으며, 모든 사람들이 즐거움 속에서 그리고 종교적인 수행을 하며 시간을 보냈다. 악한 일에 길들여진 자에게는 이같이 흔들리지 않는 마음과 행동이란 불가능한 것이다. 그들에게는 거칠음과 잔인성, 습관적인 악행이나 뒤틀림과 같은 흔적도 없었다. 웃음과 대화나 놀이, 모든 사람이 쾌활하고 결백했으며, 사랑에 가득 차 있었다.

이 마음에서 오는 자유의 결과가 곧 그 자신을 드러내기 시작했다. 완전한 과일은 정신의 씨앗이 이런 밭에 뿌려질 때만 거두어질 수 있다. 소년들을 가리키며 예수는 제자들에게 "이들 아이들과 같이 되지 않는 자는 아버지의 나라에 이를 수 없다"고 했다. 앎과 기쁨은 사트바의 징표이다. 그러한 이들만이 비참함을 비참함으로 여기지 않고, 어떤 상황에서도 기쁨과 즐거움으로 가득 찬 요가의 능력을 갖고 있다.

라자스적 태도는 감옥에서 어떠한 격려도 받지 못한다. 그리고 세상의 즐거움을 키워나갈 힘도 없다. 그렇지만 흔히 이런 상황에서는 필요한 물자가 심히 결핍되어 그를 차지하기 위한 라자스적 욕망에 사로잡히기 쉬우므로 악마적인 마음이 호랑이같이 자기 자신을 파괴한다. 그리고 서양 시인의 말처럼 "자기 자신의 심장을 먹느니……"라는 상황이 뒤따른다. 그럼에도 그처럼 격리되어 있고, 아무리 큰 외적 고통이 있더라도 인도의 마음은 신께 향하는 영원한 끌림을 갖는다.

우리에게 일어난 일들이 바로 이것이었다. 하나의 흐름이,

그것이 어디에서 온 것인지 알 수 없으나 우리 모두를 휘감았다. 신의 이름을 한 번도 입에 올린 적이 없는 자까지 정신 수양의 실행법을 배웠으며, '가장 자비로운 분'의 자비를 깨달아 기쁨 속으로 젖어 들어갔다. 이 소년들은 요가 수행자들이 오랜 세월에 걸쳐 얻는 것을 몇 달 만에 달성했다. 위대한 스승 라마크리슈나(Ramakrishna)는 언젠가 "지금 네가 보고 있는 것은 사실 아무것도 아니다. 영성의 홍수가 이 땅에 넘쳐흘러들 때는 비록 소년이라고 하더라도 사흘간의 사다나(Sadhana) 끝에 깨달음을 얻을 것이다"라고 말한 적이 있다.

나와 함께 감옥 안에 있었던 젊은이들과 소년들을 본다면 라마크리슈나의 이 예언에 대해 한 점의 의심도 갖지 않을 것이다. 그들은 마치 그 '영성의 홍수'의 명백한 선구자 같았다. 재판정에 선 죄수들을 덮친 사트바의 파도는 네다섯을 제외한 모든 이를 큰 기쁨 속으로 휘몰아 넣었다. 이를 한번 맛본 자는 잊을 수 없을 뿐더러 이와 비교할 수 있는 또 다른 기쁨을 알지 못한다. 사트바의 품성이야말로 이 나라의 진정한 희망이다. 그토록 쉽사리 형제애와 자기인식 그리고 신에 대한 사랑을 품을 수 있고 이를 행동으로 표출할 수 있다는 것, 이는 인도의 마음에만 주어진 신의 큰 특전이다. 우리에게 필요한 것은 타마스의 폐기, 라자스의 통제, 사트바의 발현이다. 신의 비밀스러운 목적에 따라 인도를 위해 예비되고 있는 것도 이것이다.

새
로
운
탄
생

『바가바드기타』에서 아르주나는 크리슈나에게 묻는다.

"요가를 수련하나 완성에 도달하지 못한 자는 결국 헤매게 되고 요가에서 멀어지게 됩니다. 그에게 어떤 일이 일어나나요? 이 세상에서 얻은 것과 정신세계에서 얻은 것 모두를 잃게 되어 흩어지는 구름처럼 사라지게 됩니까?"

크리슈나는 답한다.

"이 생에서나 그 뒤에나 그에게 파멸은 없다. 선을 행하는 자는 누구든 결코 불행에 이르지 않는다. 올바름의 세계에 도달하여 오랫동안 그곳에 머문 적이 있는 자는 요가에서 멀어진다고 하더라도 순수하고 영광스러운 집에서 다시 태어난다. 그는 지난날의 삶에서 가졌던 요가에 대한 열망에 이끌려 완전함을 향해 더욱 노력하고 수많은 생을 거치면서 결국은 악에서 벗어나 지고의 경지에 도달하게 될 것이다."

인도민족의 종교에서 환생의 이론은 항상 요가를 통해 습득되는 앎의 일부분으로 간주해왔다. 그런데 서양교육을 받은 배운 자들 사이에서는 이 이론이 설 자리를 잃었다. 그러나 라마크리슈나의 놀라운 가르침과 행적, 베다적 앎의 확산, 『바가바드기타』 연구 이후 진리는 다시 제자리에 들어서고 있다. 유전이 물질세계의 중심 진리인 것처럼, 신성의 세계에서는 환생이 중심 진리이다.

크리슈나의 말에는 두 가지 진리가 들어 있다. 요가의 길에서 멀어진 자라고 하더라도 그는 지난 생에서 몸에 익힌 '배움에의 기울어짐'과 함께 다시 태어나, 배가 바람에 움직이듯이 기울어짐에 의해 요가의 길로 인도된다. 그러나 결과를 달성하기 위해서는 적합한 육신의 형태를 취해야 하는데 이를 위해서는 이에 적합한 가정에서 태어날 필요가 있다. 뛰어난 유전자가 적절한 육신을 만들어낸다. 순수하고 영광스러운 가정에서 태어나면 그는 순수하고 강한 육체를 가질 것이고, 요기의 가정에서 태어나면 뛰어난 몸과 마음을 가질 것이며 따라서 필요로 하는 교육과 정신에서 강점을 갖게 될 것이다.

지난 몇 년 사이 우리는 인도에서 새로운 종의 인간이, 조잡함의 영향력에 지배당하는 낡은 것의 한가운데에서 창조되고 있는 현상을 볼 수 있다. 어머니 인도의 지난날의 아이들은 비종교적인 분위기 혹은 종교가 쇠퇴하는 분위기에서 그에 걸맞는 교육을 받으며, 작고 이기적이며 마음이 좁으며 수명이 짧은 사람으로 자라났다. 그러나 상당수의 강력하고 위대한 영혼들이 그런 사람들 중에서 태어났으며, 이 위기의 시기에 인류를 구할 자들도 이들이다. 하지만 이 위대한 영혼을 지닌 자들은 그들의 에너지와 천재성에 합당한 일을 완수했다고 할 수 없다. 그리하여 다만 인도민족이 기다리고 있는, 미래의 위대하고 놀라운 행동이 펼쳐질 수 있는 장을 창조했을 뿐이었다. 물론 새 새벽의 빛이 사방을 비추고 있는 것은 그들의 훌륭한 업적들 때문이다. 그런데 어머니 인도의 새로운 아이들은 그들 부모의 품성을 물려받는 대신 대담하고 힘에 가득 차 있으며, 자기 헌신적이고 높은 영혼의 소유자로 자라나 다른 사람을 돕고 나라에 좋은 일을 하는 높은 이상에 고무되고 있다.

그들 부모에 복종하는 대신 젊은이들이 그들 자신의 길을 걷고, 늙은이와 젊은이들 사이에 차이가 있으며, 행동의 진로를 결정하는 데 있어서 이 둘 사이에 충돌이 있는 것도 이 때문이다. 늙은이들은 신의 향기, '황금시대'의 선구자인 이들 젊은이들을 낡고 이기적이며 좁은 길에 붙잡아 두려고 한다. 그러면서도 그들은 자신들이 '철의 시대'를 항구화하려고 하는 것을 알지 못한다. 젊은이는 낡은 것을 파괴하여 새것을 건설하려고 하는 '큰 에너지'에서 분출되는 불꽃이다. 그래서 그들은 순종적일 수 없고, 부모 세대에서 통하는 존경의 법칙에 굴복할 수가 없다. 오직 신만이 이 부조화를 치유할 수 있다.

그러나 '큰 에너지'의 의지는 텅 빈 것일 수 없으며, 새로운 세대 또한 그들이 태어난 목적을 이루지 않고는 떠나지 않을 것이다. 새로움의 한가운데서 낡음의 영향력이 여전히 서성대고 있다. 열등인자의 결함과 아수라적인 교육 때문에 많은 검은 양들도 태어났고, 새 시대를 열도록 운명지워진 사람들조차 그들의 내재적 힘을 다 표출하지 못했다. 젊은 세대 속에서 '황금시대'를 드러내는 경이로운 징표와 종교로 기우는 마음의 경향을 읽을 수 있다. 그리고 많은 이들의 가슴속에 요가에 대한 열망이 피어오르고 있다.

앨리포어 폭탄 테러 사건으로 기소된 아쇼크 난디는 이 두 번째 범주에 속한다. 그를 아는 사람들은 그가 어떠한 음모 사건에 관련되어 있을 것이라고 결코 믿을 수 없었지만 도저히 믿기 힘든 빈약한 증거에도 불구하고 유죄 선고를 받았다. 그러나 그는 인도의 대의에 헌신하려는 강한 열망이 있었기에 그 역시 다른 젊은이들과 마찬가지로 그런 폭압에 전혀 위압되지 않았다. 그는 지성과 성격, 생활에 있어서 완전한 요기(yogi)이자 헌신적이었고, 전혀 세속인의 성질을 전혀 갖고 있지 않았다. 그의 조부는 도를 깨친 탄트라 요기였고, 그의 아버지 또한 요가의 수행을 통해 힘을 얻은 것으로 알려졌다. 『바가바드기타』에서 말하는 대로 이렇게 드문 요기의 가정에서 태어났다는 것은 그의 행운이었다. 그의 타고 난 요기적 힘의 징표들이 그렇게 어린 나이인데도 때때로 그 자신을 드러냈다.

그는 체포되기 훨씬 오래전 이미 그가 요절하게끔 운명 지어져 있는 것을 알고 있었다. 따라서 학교에 가는 문제나 사회생활을 준비하는 문제들에 대해 진지하게 생각하지 않았다. 그러고는 이미 알고 있었던 운명의 명령을 무시하면서 아버지의 권고대로 자신의 의무라고 여겼던 것, 요가의 길로 나아갔다. 그가 갑자기 체포된 것은 이때였다. 아쇼크는 운명이 불러온 이 불행에도 흔들림이 없었으며, 옥중에서도 그의 모든 에너지를 요가 수행에 바쳤다. 같은 건으로 기소된 피의자들 중 상당수가 같은 길을 걸었다. 아쇼크를 그들 중 최고라고 할 수 없을지 모르지만 아쇼크 또한 그들 가운데에 있었다. 사랑과 헌신에서 그는 어느 누구에게도 뒤지지 않았다. 그의 부드러운 성격과 깊은 신앙심, 뜨거운 가슴이 모든 사람들을 매료시켰다.

고스와미 살해 사건이 벌어졌을 때 그는 사건이 벌어졌던 감옥 병실에 입원 중이었다. 그리고 사건 후 독방에 수감되어 고열에 시달려야 했다. 병든 몸인데도 그는 사방이 휑하게 뚫린 방에서 추운 밤을 보내야 했고, 이 때문에 결핵에 걸렸으며 생존할 가능성이 전혀 없는 상태에서 7년 유형이라는 무거운 형을 선고받았다. 그리고 다시 그 죽음의 독방으로 보내졌다. 법정 변호사 치타란얀 다스의 청원 덕택에 병원으로 이송은 되었으나 병보석 같은 것은 없었다. 그리고 벵골 행정관의 관대함으로 가까운 사람들이 지켜보는 가운데에 자신의 집에서 죽는 것이 허용되었다. 항소를 통해 자유를 획득하기 이전에 신께서 먼저 그를 육신의 감옥에서 석방시켰다.

죽음을 앞두고 아쇼크의 요기적 능력은 크게 향상됐다. 마지막 날 그는 비슈누(Vishnu)의 힘에 이끌려 그의 입술에 그 이름을 올리면서 육신을 포기하기 전 우리를 구원으로 인도하는 성스러운 이름에 대해서 말하고 사람들에게 영적인 조언을 했다. 아쇼크 난디는 전생의 업보를 다하기 위해 태어났다. 그래서 이 모든 비참함과 최후의 죽음이 있었던 것이다. '황금시대'로 안내하는 데 필요한 에너지가 그에게 내려지지는 않았다. 그러나 그는 자연적인 요기적 힘의 빛나는 본보기를 보였다. 선한 행위를 한 자는 전생의 죄를 씻기 위해 이 생에서 많은 시간을 보내지 않는다. 그리고 모든 죄에서 벗어나

불완전한 육신을 떠나 또 다른 육신을 취하면서 그들 본래의
에너지를 표출하고 사람과 자연에 선행을 한다.

우타파라 연설

여러분들의 모임에서 연설을 해달라는 요청을 받았을 때 오늘을 위해 선택된 주제, 힌두교에 대해 약간 이야기해보자는 것이 원래 의도였습니다. 그 의도를 이룰 수 있을지 없을지 지금 이 순간 잘 알지 못하겠습니다. 이곳에 와 앉았을 때 여러분들에게 꼭 해야 할 한마디 말, 전체 인도민족 앞에 꼭 드리고 싶은 한마디 말이 내 마음속에 들어왔기 때문입니다. 이 말은 내가 감옥에 갇혀 있는 동안 나 자신이 처음 들었던 말입니다. 그리고 그 말을 나의 동포들에게 전하기 위해 내가 감옥에서 나왔다고 할 수 있는 말입니다.

이곳에 내가 마지막으로 왔던 것이 1년이 더 됩니다. 그때 나는 혼자가 아니었습니다. 민족주의의 가장 강력한 선지자 중 한 사람, 베핀 팔이 내 곁에 앉아 있었습니다. 신께서 그를 보낸 그곳 격리의 세계에서 막 벗어난 사람이 그였고, 은둔의 침묵과 감옥에서의 고독 속에서 그가 해야 할 말을 신에게서 들었을 사람이 그였습니다. 여러분들이 수백 명씩 몰려들어 환영했던 사람도 그였습니다. 지금 그는 우리에게서 수천 마일 떨어진 먼 곳에 있습니다. 나에게 익숙했던, 곁에서 함께 일하던 사람들도 이 자리에 없습니다. 이 나라를 휩쓴 태풍이 그들을 멀리 뿔뿔이 흩어지게 했습니다. 은둔하며 1년을 보내고 은둔에서 나온 지금 모든 것이 변했음을 발견하고 있는 자가 이 순간의 나입니다. 항상 내 곁에 앉아 있었고, 나와 함께 일했던 한 사람은 지금 미얀마의 감옥 안에 있고, 또 한 사람은 북쪽에서 구금 상태하에 쇠약해지고 있습니다.

은둔에서 나왔을 때 주위를 둘러보고 우리에게 조언과 영감을 구하던 사람들을 찾아보았습니다. 그러나 나는 그들을 찾지 못했습니다. 내가 감옥에 잡혀가던 시점에는 이 나라 전체가 반데 마타람의 함성으로, 낮은 곳에서 새로 일어선 수백만 사람들의 희망으로 생동하고 있었습니다. 감옥에서 나와서 그때의 외침을 다시 들어보려 했지만, 외침 대신 침묵만이 있었습니다. 침묵이 이 나라를 짓누르고 있었고, 사람들은 비틀거리고 있는 것처럼 보였습니다.

우리 앞에 보였던 미래의 비전으로 가득 차 있던 신의 찬란한 하늘 대신 머리 위로는 납덩이 하늘이 누르고 있었고, 그 하늘로부터 인간의 천둥과 번개의 비가 쏟아지고 있었습니다. 어느 누구도 어디로 가야 할지 알지 못한 것 같았고, 사방에서 '이제 무엇을 해야 하나' '할 수 있는 그 무엇이 있기는 한 것인가'라는 질문들이 잇달았습니다. 나 또한 어디로 가야 할지, 이제 해야 할 일이 무엇인지 알지 못했습니다.

그러나 한 가지 알았던 것은 그때의 외침과 희망을 불러일으킨 것이 전지전능한 신의 힘이었다면 지금의 침묵을 가져온 것도 똑같은 신의 힘이라는 점입니다. 외침과 운동의 한가운데에 있던 그가 멈춤과 숨죽임의 한가운데에도 있습니다. 그분께서 정지와 숨죽임을 우리에게 보냈습니다. 이것은 이 민족이 한 순간 뒤로 물러서서 자신을 들여다보며 그분의 뜻을 깊이 찾아보라는 뜻이 아니겠습니까. 그래서 나는 이 같은 침묵에 의기소침해하지 않았습니다. 감옥에서 침묵에 너무나 친숙해던 까닭에 그랬고, 내가 오랜 구금 생활을 통해 스스로 이러한 교훈을 배웠던 것도 멈춤과 숨죽임 속에서였음을 알았던 까닭에 그랬습니다.

베핀 팔이 감옥에서 나왔을 때, 메시지 하나를 갖고 왔는데 그것은 고무적이었습니다. 나는 여기서 그가 한 말을 기억합니다. 그것은 안과 밖에 있어서 차라리 종교적인 것이었지 정치적인 것은 아니었습니다. 그는 감옥 안에서의 수행에 대해 말했으며, 우리 모두 안에 있는 '신'과 민족 안에서의 '주인'에 대해 말했고, 잇달아 보통의 힘보다 더 큰 힘이 운동 속에 있고, 보통의 목적보다 더 큰 목적이 운동 앞에 있다고 말했습니다. 지금 나는 여러분들을 다시 만나고 있습니다. 나 또한 감옥에서 나왔습니다. 나를 맨 처음 환영하는 것은 정치집회가 아니라 우리 종교를 지키기 위한 모임에 참석한 우타파라의 여러분들입니다. 베핀 팔이 벅사 감옥에서 받았던 메시지, 앨리포어 감옥에서 신께서 내게 주었던 메시지, 열두 달의 투옥 생활 중 신께서 내게 주었던 앎, 그것이 감옥에서 나온 지금 당신들에게 전해주라고 신께서 나에게 명령하신 것입니다.

나는 풀려날 것을 알고 있었습니다. 구금의 시간은 은둔과 수련을 위한 1년의 시간을 의미할 따름입니다. 어떻게 어느 누가 신의 목적에 필요로 하는 것보다 더 오랫동안 나를 감옥 안에 붙잡아둘 수 있었겠습니까? 신은 말해야 할 한 마디 말과 수행해야 할 한 가지 일을 주셨습니다. 이 말이 발화되기 전까지 어떠한 인간의 힘도 나를 침묵시킬 수 없다는 것, 이 일이 수행되기까지 어떠한 인간의 힘도 신의 도구를 멈출 수 없는 것을 나는 알고 있었습니다. 그 도구가 아무리 약하고 작더라도 말입니다. 그렇게 나는 감옥에서 풀려났고 지금 이 몇 분 사이에도 내게 그럴 바람이 없었던 말이 내 안에서 튀어 나오고 있습니다. 내 마음 안에 있던 것, 그것을 신께서 밖으로 던지고 계시고 그래서 지금 내가 말하는 것은 충동이자 강제이기도 합니다.

체포되어 정신없이 랄 바자 구치소로 끌려갔을 때 한동안 신앙심이 흔들렸습니다. 왜냐하면 그분이 가슴속에 담고 있는 뜻을 들여다볼 수 없었기 때문입니다. 그래서 한동안 비틀거렸고, 가슴속으로 그분에게 울면서 소리쳤습니다. '나에

출옥한 오로빈도의 대중연설

게 일어난 이것들은 무엇입니까? 내 나라 인민을 위해 일할 사명감이 나에게 있으며, 이 일을 다할 때까지 당신의 보호를 받아야 한다고 믿어왔습니다. 그런데 왜 지금 나는 이곳에서 이러한 벌을 받아야 합니까?' 하루가 지나고 이틀이 지나고 사흘이 지나면서 내 안에서 어떤 목소리가 나에게로 왔습니다. '기다려라 그리고 보아라.' 나는 점차 평온을 되찾았고, 기다렸습니다. 그때 나는 랄 바자에서 앨리포어로 이송되었으며, 다른 사람들과 격리된 채 한 달 동안 독방에 수감되었습니다. 그곳에서 나는 밤낮으로 내 안의 신의 음성을 기다렸습니다. 그가 나에게 무슨 말을 하고, 내가 무엇을 해야 하는가를 배우기 위해서 말입니다.

이 격리 속에서 최초의 깨달음, 첫 번째 교훈이 내게로 왔습니다. 내가 체포되기 한 달 전쯤 어떤 음성이 나에게로 왔던 것을 기억할 수 있었습니다. 그 음성은 일체의 활동을 그만두고 은둔으로 들어가 내 안을 들여다보고 그럼으로써 그분과의 좀 더 밀접한 교섭을 가질 수 있을 것이라고 말씀하셨습니다. 그러나 그 음성을 처음 들었을 당시 나는 약했고, 그래서 이 부름에 응할 수 없었습니다. 내가 하던 일은 나에게 너무나 소중했으며, 가슴속의 자부심과 함께 내가 그곳에 없으면 그 일은 타격을 받고 실패하거나 심지어는 중단될 것이라고 생각했습니다. 따라서 나는 거기에서 떠나지 않을 것으로 생각했던 것입니다. 그리하여 감옥에 갇혔습니다.

이 일련의 사태는 마치 그분이 다음과 같은 말을 해주는 것으로 느껴졌습니다.

"네가 깰 힘을 갖고 있지 못한 그 굴레를 너를 위해 내가 깨주었다. 왜냐하면 네가 그 일을 계속하는 것은 내 의지도 의도도 아니기 때문이다. 나는 네가 할 다른 할 일을 갖고 있다. 너를 이곳에 데려온 것도 이를 위해서다. 너 자신을 위해 배울 수 없었던 것을 너에게 가르치고, 나의 일을 위해 너를 단련시키는 일이 그것이다."

그리고 그분은 『바가바드기타』를 손에 쥐어주었습니다. 그분의 힘이 들어왔으며, 나는 『바가바드기타』의 영적 수련을 행할 수 있었습니다. 나는 지적으로 이해할 수 있었을 뿐만 아니라 크리슈나가 아르주나에게 요구했던 것, 그분이 그

분의 일을 하고자 열망하는 자들에게 요구하는 것을 수행할
수 있었습니다. 증오와 욕망에서 벗어나는 것, 열매를 바라
지 않고 그분을 위해 일하는 것, 자기의지를 버리고 그분의
손에 쥐어진 수동적이고 충실한 도구가 되는 것, 높은 자와
낮은 자, 친구와 적, 성공과 실패에 대해 동등한 가슴을 가지
는 것, 그분의 일을 게을리하지 않는 것이 그분이 요구하는
것들입니다.

나는 힌두교가 무엇을 뜻하는지를 깨달았습니다. 우리는
자주 힌두교에 대해 말하고 사나탄 다르마(Sanatan Dharma,
영원한 진리)에 대해 말했습니다. 그러나 우리 중 진정으로 그
종교가 무엇인지를 아는 자는 거의 없었습니다. 다른 종교들
은 거의 대부분 믿음과 고백의 종교입니다. 그러나 사나탄 다
르마는 삶 자체입니다. 믿어지는 것보다 살아지는 것이 더 중
요한, 그런 종교입니다. 인류의 구원을 위해 오랜 옛날부터
격리된 이 반도 안에 숨겨져 품어져왔던 것이 바로 그 다르마
였습니다. 인도가 일어서고 있는 것은 인류에 이 종교를 전하
기 위함입니다. 인도는 자기를 위해, 자기가 강할 때 약자를

짓밟는 그런 나라들과는 다른 방식으로 일어섭니다. 인도는 자신에게 신탁된 영원의 빛을 세계 만방에 비추기 위해 일어섭니다. 인도는 자신을 위해서가 아니라 인류를 위해 존재해 왔고, 인도가 위대해져야 하는 것도 그 자신을 위해서가 아니라 인류를 위해서입니다.

그리하여 신께서 다음으로 예비해주신 것은 힌두교의 중심 진리를 깨닫게 해주신 것입니다. 그분은 감옥 교도관들의 마음을 나에게로 돌려주었고, 그래서 그들은 영국인 교도소장에게 말했습니다.

"그는 너무 심한 고통을 받고 있습니다. 아침저녁으로 최소한 반 시간만이라도 감방을 나와 걷게 합시다."

그래서 그런 조치가 취해졌습니다. 그분의 강한 힘이 다시 내 안으로 들어온 것도 내가 그렇게 걷고 있을 때였습니다. 나는 사람들에게서 격리된 내가 머무는 감옥을 바깥에서 바라보게 되었습니다. 그런데 나를 가두고 있는 것은 더 이상 감옥의 높은 담장이 아니었습니다. 아니, 그것은 나를 에워싸고 있는 바수데바(Vasudeva, 신의 현현顯現)였습니다. 내 감방

앞의 나뭇가지들 아래를 걷고 있었습니다. 그런데 그것은 나무가 아니었습니다. 나는 그것이 바수데바임을 알았으며, 내가 본 그곳에 서서 내 위로 그늘을 드리우고 있는 것은 바로 『바가바드기타』의 크리슈나였습니다. 내가 갇힌 독방의 쇠창살, 문의 의무를 하고 있는 그 쇠 장벽을 바라보았습니다. 그런데 여기서도 나는 바수데바를 보았습니다. 나를 지키기 위해 경비를 서고 있는 자는 나라야나(Narayana, 참자아)였습니다. 다시 독방 안으로 들어가 침구로 주어진 거친 담요 위에 누웠습니다. 그런데 나를 따스하게 껴안아주는 크리슈나의 손길, 거룩한 친구, 거룩한 연인의 손길을 느꼈습니다.

이것이 그가 나에게 주신 좀 더 깊은 투시력(vision)을 사용하여 본 첫 경험이었습니다. 이제 나는 감옥 안의 죄수들, 도둑들, 살인자들, 사기꾼들을 바라보았습니다. 그들을 바라보면서 바수데바를 보았고, 이들 어두운 영혼들과 잘못 사용된 육신들에게서 내가 발견한 것은 나라야나였습니다. 이들 도둑과 강도들 속에서도 그 같이 나쁜 환경에 대항하여 승리를 거두고 있는 연민의 정신과 친절함, 겸손함과 같은 덕성을 찾아볼 수 있고, 결코 적지 않은 이러한 사람들이 나를 부끄럽게 만들었습니다. 특히 내가 본 그들 중 한 사람, 그는 나에게 성인聖人처럼 보였습니다. 그는 읽을 줄도 쓸 줄도 모르는 내 나라의 농부였으며, 10년의 징역형을 선고받은 강도였고, 아주 천한 신분의 사람이라서 우리의 바리새적인 계급적 자부심 때문에 평소에 내려다보던 자들 중 한 사람이었습니다. 그분이 또다시 나에게 와 이렇게 말씀하셨습니다.

"나의 일을 조금이라도 하려고 한다면 내가 너에게 보낸 이 사람들을 주의 깊게 바라보라. 이들은 내가 기르고 있는 이 나라의 성정性情이자, 내가 그들을 기르는 이유이기도 하다."

공판이 하급심에서 시작되어 우리가 벌리 행정관 앞에 불려나갔을 때도 동일한 통찰력이 나를 뒤따랐습니다. 그분은 말했습니다.

"감옥에 던져진다고 하더라도 네 가슴이 무너지도록 해서는 안 된다. 그리고 당신은 어디서 나를 지켜주십니까 울며 나를 불러서도 안 된다. 자, 재판장을 바라보고, 검사를 바라보아라."

나는 바라보았습니다. 그런데 내가 본 것은 재판장이 아니라 바수데바였습니다. 그곳 의자에 앉아 있었던 것은 나라야나였습니다. 나는 검사를 바라보았습니다. 그런데 내가 본 것은 검사가 아니라 그곳에 앉아 있던 크리슈나였고, 그곳에 앉아 미소를 짓고 계시는 나의 거룩한 연인과 친구였습니다.

"지금 너는 두려운가?"

그분이 말했습니다.

"나는 모든 사람 안에 있으며, 그들의 행동과 말을 지배한다. 내가 아직 너를 지키고 있으니 두려워 마라. 너를 피고석에 세운 이 사건을 내 손 안에 맡겨라. 너를 위하여 그리하는 것이 아니다. 너를 이곳으로 데려온 것은 이 재판, 그리고 이 재판에서 네가 이기도록 하기 위해서가 아니다. 다른 무엇을 위해서다. 이 사건 자체가 나의 일을 위한 하나의 도구일 뿐 그 이외의 아무것도 아니다."

그 뒤 상급심이 열렸을 때 나는 불리한 증거들에 대해서 무엇이 잘못됐으며, 어느 점에서 증인들에 대한 반대 심문이 있어야 한다는 점과 관련하여 변호사가 참고할 소명서를 쓰기 시작했습니다. 그때 예기치 못한 무엇이 일어났습니다. 내 변호를 위해 준비되어 있던 절차들이 갑자기 변경되고, 다른 변호사가 내 변호를 위해 맡았습니다. 전혀 예기치 못한 일이었습니다. 그는 나의 친구였습니다. 그러나 나는 그가 오고 있는 것을 알지 못했습니다. 나를 구하기 위해 모든 생각과 일들을 제치고 그의 건강까지 상해가면서 몇 달 동안 날이면 날마다 밤을 지새우던 치타란얀 다스 변호사의 이름을 여러분은 들어보았을 것입니다. 그를 보았을 때 나는 만족했으나 소명서를 쓰는 것이 여전히 필요하다고 생각했습니다. 그때 이런저런 것들이 필요하다는 일체의 생각이 사라지면서, 내 안에서 메시지가 울려왔습니다.

"네 발밑의 함정에서 너를 구해줄 사람은 이 사람이다. 서류를 치워라. 그를 이끌 사람은 네가 아니다. 내가 그를 이끌어주마."

그 시간부터 나는 나의 변호사에게 사건과 관련하여서는 한마디 말도 먼저 하지 않았고, 어떤 지침도 주지 않았습니다. 또 변호사에게 질문을 받더라도, 내 답변이 별 도움이 되지 않는다는 것을 알게 되었습니다. 나는 모든 것을 치타란 얀 변호사에게 넘겼고, 그는 그 모두를 그 손 안에 꽉 잡았습니다. 그 결과가 어떻게 되었는지는 여러분들도 잘 알고 계십니다. 이 모든 과정에서 신께서 뜻하시는 바가 무엇인지를 난 줄곧 잘 알고 있었습니다. 왜냐하면 거듭거듭 내면에서 울리는 목소리를 듣고 있었기 때문입니다.

"내가 인도하고 있다. 그러니 두려워하지 마라. 너 자신의 일로 돌아가라. 너를 감옥으로 데리고 온 것도 그 일을 위해서다. 여기서 나간 후에도 기억하라. 두려워하지도 말고 망설이지도 말라는 것을. 기억하라. 이 일을 행하는 자는 나이지 너도 아니고 다른 어느 누구도 아니라는 것을. 어떤 구름이 몰려오고, 어떤 위험과 고통, 어떤 어려움과 불가능이 닥친다고 해도 가능하지 않은 것은 아무것도 없으며, 어려운 것 또한 아무것도 없다. 내가 이 민족과 함께하고 있고, 이 민족의 봉기와 함께하고 있다. 나는 바수데바이고, 나라야나이다. 내가 뜻하는 것, 내가 지향하는 것은 다른 자들이 뜻하는 그런 것이 아니다. 내가 방향 전환을 선택하면 어떠한 인간의 힘도 그 자리에 머물 수 없다."

　그동안 그분은 나를 독방에서 꺼내어 나와 함께 기소된 자들 중에 갖다 놓으셨습니다. 당신들은 나의 자기희생과 이 나라에 대한 헌신에 대해 오늘 많은 말들을 하고 계십니다. 감옥에서 나온 후 줄곧 그런 말을 들어왔습니다. 그러나 이런 말들을 들으면 당황스럽고 고통스럽습니다. 왜냐하면 나는 나의 허약함을 알고 있기 때문입니다. 나는 내가 범한 잘못과 퇴보의 먹이입니다. 감옥에 갇혀 있는 상황에서 그 모든 약점들이 나를 향해 들고 있어났을 때나 또는 그 이전이나 난 언제나 그러한 약점들에서 자유롭지 못하다는 것을, 그 순간 뼈저리게 느꼈습니다.

　그때 나는 나라는 자가 허약함의 집합체이며, 결점 투성이의 불완전한 도구이고, 좀더 강한 힘이 내 내부로 들어올 때만 강할 수 있다는 것을 깨달았습니다. 그리고 이들 젊은이들 속에 있는 나 자신을 발견했습니다. 그들 중 많은 자들 안에서 나는 강한 용기와 자기를 지워나가는 힘을 발견했습니다. 이들과 비교하면 나는 정말 아무것도 아니었습니다. 이들 중

한둘은 육체적인 힘과 성격 면에서뿐만 아니라, 정말 많은 사람들이 그랬는데, 내가 자부하던 지적 능력에서도 나보다 뛰어났습니다. 그분은 나에게 말했습니다.

"이들은 젊은 세대이고, 나의 명령에 따라 일어서고 있는 새롭고 강한 나라이다. 그들은 너보다 위대하다. 그런데 네가 무엇을 두려워해야 하나? 네가 한걸음 비켜서 있고 잠을 잔다고 하더라도 일은 여전히 수행될 것이다. 네가 내일 내팽개쳐진다고 하더라도 너의 일을 이어받아 네가 해온 것보다 더 강하게 그 일을 해나갈 자들이 여기 이 젊은이들이다. 너는 이 나라를 일으켜 세우는 데에 도움이 될 한 마디 말을, 이 나라에 말할 수 있는 힘을, 나로부터 얻고 있을 따름이다."

이것이 그분이 내게 주신 또 다른 말씀입니다. 그리고 별안간 한 가지 일이 일어났습니다. 갑자기 다시 독방으로 옮겨진 것입니다. 독방 수감생활 중에 일어난 일들을 다 말할 필요는 없겠습니다. 단지 날마다 벌어졌던 한 가지 일만은 말하고 싶습니다. 그분은 나에게 그분의 기적을 보여주었고, 힌두교의 깊은 진리를 깨닫게 해주었습니다. 이전에 나는 많은 의문을 갖고 있었습니다. 나는 영국에서 자랐습니다. 그곳은 외국 사상과 외국적인 분위기로 둘러싸인 곳이었습니다. 그리고 나는 힌두이즘의 많은 부분이 상상일 뿐이고, 그 안에는 꿈과 같은 비현실적인 것들이 많이 들어 있으며, 그 대부분은 망상이라고 믿는 경향이 있었습니다. 그런데 하루하루 지나면서 나는 마음으로, 가슴으로, 몸으로 힌두교의 진리를 깨닫게 됐습니다. 그것들은 살아 있는 경험이 되었으며, 어떠한 서구의 과학도 설명할 수 없는 것들이었습니다. 내가 처음 그분에게 다가갔을 때는 헌신의 정신도, 지혜의 정신도 아니었습니다. 오래전 일이지만 스와데시 운동이 시작되었고, 내가 공개적 활동으로 이끌려 들어가기 몇 해 전 바로다에서 그분에게 다가갔습니다.

그때 나는 그분에 대한 믿음이 거의 없었습니다. 당시 내 안에는 불가지론, 무신론, 회의주의가 있었습니다. 따라서 나는 신이 있다는 것을 절대로 확신할 수 없었습니다. 나는 그분의 존재를 느낄 수 없었습니다. 그런데 무엇인가가 나를 베다의 진리로, 기타의 진리로, 힌두교의 진리로 이끌었습니다. 나는 이 요가의 어딘가에 하나의 강력한 진리가, 베단타에 근거한 이 종교에 하나의 강력한 진리가 있음이 틀림없다고 느꼈습니다. 그래서 나는 요가로 나아갔고, 요가를 수행하기로 결심했습니다. 그리고 내 생각이 옳았음을 알았습니다. 요가를 할 때면 그러한 정신을 유념하면서 그분께 다음과 같은 기도를 올렸습니다.

"이 기도를 받아주시는 분이 진정 그분이시라면,

나의 심장을 그대로 들여다보실 것입니다.

내가 나의 열반, 나의 해탈을 바라지 않고 있다는 것,

다른 사람들이 바라는 아무것도 바라지 않는다는 것,

다만 이 나라, 이 민족을 일깨울 수 있는 힘만을,

내가 사랑하고 기도하며 그를 위해 내 삶을 바치려 하는

이 사람들을 위해 살고 일할 수 있도록만 허락해달라는 것

입니다."

나는 요가 수행을 위해 오랫동안 힘껏 노력했고, 이윽고 일정한 수준에 이르렀습니다. 그러나 내가 열망해오던 바로 그 목표를 생각한다면 만족스럽지 못한 것이었습니다. 그래서

감옥의 은둔처 독방에서 갈구하던 바를 다시 요청했습니다. 나에게 당신의 소명을 주십시오. 나는 무엇을 해야 할지, 어떻게 할지 알지 못합니다. 나에게 메시지를 주십시오. 요가의 합일 속에서 두 개의 메시지가 왔습니다. 첫 번째 메시지는 이렇습니다.

"나는 너에게 네가 할 하나의 일을 주었다. 이 나라를 일깨우는 데에 도움을 주는 일이 그것이다. 네가 곧 감옥에서 나가면 그때가 될 것이다. 다른 사람들이 그렇게 해야만 하는 것처럼 네가 이 나라를 위한 고통 속에서 시간을 보내거나 형을 선고받는 것이 나의 뜻은 아니다. 나는 일을 하라고 너를 불렀다. 이것이 네가 갈구했던 소명이다. 내가 너에게 그 소명을 주니 이제 나아가 나의 일을 하라."

두 번째 메시지는 이러했습니다.

"격리된 일 년 동안 너에게 무엇인가가 보였다. 네가 의심하던 그 무엇, 그것은 힌두교의 진리다. 내가 전 세계 앞에 일으켜 세우려는 것도 이 종교이다. 내가 성자들을 통해 완벽하게 발전을 시켜온 것도 이것이다. 그리고 지금 여러 나라들 사이에서 내 일의 수행이 전진하고 있다. 내 말을 전파하기 위해 이 나라를 일으켜 세우려고 하고 있다. 이것이 사나탄 다르마, 영원한 진리이며, 네가 이전에 정말로 알지 못했던 영원한 종교이다. 그것을 지금 내가 너에게 밝히고 있다. 네 안에 있던 불가지론과 회의주의는 이제 응답을 받았다. 내가 너를 만족시킬 네 안과 밖, 물질적 그리고 주관적인 증거들을 주었기 때문이다.

앞으로 나아가 네 나라에게 항상 이 말을 전하라. 그들이 일어서는 것은 영원한 진리를 위해서라는 것을. 그리고 그것은 그들 자신을 위해서가 아니라 세계를 위해서라는 것을. 나는 세계 봉사를 위해 그들에게 자유를 주려고 한다. 그러므로 인도가 일어선다는 말이 들릴 때 일어서는 것은 사나탄 다르마, 위대한 진리이다. 위대한 인도라는 말이 들릴 때 위대한 것은 사나탄 다르마이다. 인도가 자기 자신을 확장하고 있다는 말이 들릴 때 세계 너머로 그 자신을 확장하고 있는 것은 사나탄 다르마이다. 인도가 존재하는 것은 진리를 위해 진리에 의해서이다. 이 종교를 확대하는 것은 인도를 확대하는 것을 뜻한다. 나는 어디에도 있고, 모든 사람들 가운데에 있으며, 모든 사물, 모든 운동 속에 있음을 나는 이미 너에게 보여주었다.

나는 나라를 위해 애쓰는 자들 속에서만 역사할 뿐 아니라 그에 반대하는 자들 속에서도 역사하며 그들이 가는 길 가운데에 서 있다. 나는 만인 속에서 역사한다. 사람들이 무엇을 생각하고 무엇을 하든 나의 목적에 도움이 되는 일밖에 할 수 없다. 그들 또한 나의 일을 하고 있다. 그들은 나의 적이 아니라 나의 도구이다. 너의 모든 행동에서 너는 네가 어디로 향하는지도 알지 못한 채 앞으로 움직이고 있다. 너는 어느 하나의 일을 하거나 다른 일을 할 작정이다. 너는 어느 한 가지 결과에 목표를 둔다. 그런데 너의 노력은 결과적으로 전혀 다른, 때로는 정반대의 것에 도움을 준다. 전능하고 신성한 힘이 뻗어 나와 인민들 안으로 들어갔다. 나는 오래전부터 이 봉기를 준비해왔다. 이제 때가 왔다. 내가 그 봉기를 완성의 길로 인도할 것이다."

그렇다면 이제 이것이 내가 여러분들에게 또 하여야 할 말입니다. '종교수호협회'가 여러분들 모임의 이름입니다. 종교를 지키는 것, 좋습니다. 그런데 여기서 한 발 더 나아가 지키되, 힌두교가 세계에 가득 차게 되는 전망을 눈앞에 두고서, 그것을 지키고 그것을 위해 일어서는 것, 이것이 우리 앞에 제시되고 있는 일입니다. 그런데 무엇이 힌두교입니까? 우리가 사나탄 또는 '영원'의 이름으로 부르는 이 종교는 어떤 종교입니까? 힌두민족이 오랜 기간 품어왔기 때문에, 이 반도에서 바다와 히말라야 산맥으로 막힌 격리 속에서 성장해왔기 때문에, 그리고 이 같은 신성하고 역사 깊은 땅에서 인도민족이 세대를 이어 보존해 갈 사명을 부여받았기 때문에, 오직 그 때문이 아니겠습니까?

그렇습니다. 그러나 힌두교는 자기 주위에 테두리를 치고 어느 특정한 나라에만 국한되는 그런 종교가 아닙니다. 그것은 특별히 그리고 항구적으로 세계의 어느 한 구역에만 속하지 않습니다. 우리가 힌두교라고 부르는 그것은 진정으로 영원한 종교입니다. 모든 사람들을 껴안는 보편적 종교이기 때문에 그렇습니다. 보편적이지 않은 종교는 영원할 수가 없습니다. 편협한 종교, 파당적인 종교, 배타적인 종교는 어느 한 시기, 어떤 제한된 목적 아래에서만 살아남을 수 있을 뿐입니다.

힌두교는 과학적 발견과 철학적 사색을 끌어안고 그 방향을 미리 밝혀주어 물질주의를 넘어설 수 있는 종교입니다. 신과 우리들 사이의 거리가 가까운 것을 인간에게 각인시키고, 우리가 신에게 접근할 수 있는 가능한 모든 수단들을 그의 품 안에 기꺼이 받아들이는 바로 그 종교입니다. 모든 종교가 인정하는 진리, 그분은 모든 사람, 모든 사물 안에 있으며, 그분 안에서 우리는 움직이고 우리가 된다는 것을 매 순간 주장하는 바로 그 종교입니다. 우리 스스로 이 진리를 이해할 수 있을 뿐만 아니라 우리 존재의 모든 부분과 함께 이를 실천하는 바로 그 종교입니다. 세계가 무엇인지를, 그것은 곧 바수데바의 거룩한 유희임을 세계에 보여주는 바로 그 종교입니다. 이 거룩한 유희에서 어떻게 하는 것이 최선을 다하는 것인지를 보여주고, 그 성스러운 법들과 고귀한 원리들을 보여주는 바로 그 종교입니다. 아주 작고 사소한 부분이라도 삶을 종교에서 분리하지 않는, 불사가 무엇인지를 아는 그리고 죽음의 현실을 종국적으로 제거하는 바로 그 종교입니다.

이것이 오늘 여러분에게 말할 수 있도록 나에게 들어왔던 언어입니다. 원래 내가 이 자리에서 말하려 했던 것은 나를 비켜가고 말았습니다. 나에게 주어진 것 이상의 것을 나는 한마디도 말할 수 없습니다. 내가 여러분에게 말할 수 있는 것은 내 입 안으로 들어온 언어뿐입니다. 이제 그 언어는 끝이 났습니다. 내 안의 이 힘을 갖고 이전에도 말한 적이 있습니다.

그때 나는 이 운동은 정치운동이 아니라는 것, 민족주의는 정치가 아니라 하나의 종교, 하나의 믿음의 경전, 하나의 신앙이라고 말했습니다. 나는 오늘 그것을 다시 말하려 합니다. 그러나 다른 방식으로 하겠습니다. 민족주의가 교리요, 종교요, 믿음이라고 더 이상 말하지 않겠습니다. 대신 나는 우리에게 민족주의란 사나탄 다르마, 영원한 진리라고 말합니다. 우리를 위한 민족주의, 그것은 사나탄 다르마입니다. 힌두민족은 사나탄 다르마와 함께 태어나 그와 함께 움직이고, 그와 함께 자랍니다. 사나탄 다르마가 기울어지면 민족도 기울어지고, 사나탄 다르마가 소멸하면 함께 민족도 소멸할 것입니다. 사나탄 다르마, 이것이 민족주의입니다. 이것이 내가 여러분에게 전해야 할 메시지입니다.

옮긴이
해제 · 후기

1. 오로빈도의 생애와 그의 시대

1908년 5월 2일 새벽, 식민지 인도의 콜카타. 36세의 가냘픈 몸매의 한 인도 청년이 영국 행정장관을 목표로 한 '폭탄 테러 사건'의 배후 주모자로 영국 경찰에 의해 전격 체포된다. 그의 이름은 오로빈도 고슈(Aurobindo Ghose). 인도의 완전 독립을 주창하면서 1년 전 혜성처럼 등장하여 인도인들의 영웅으로 떠올랐던 바로 그 젊은이였다. 그로부터 100년이 지난 오늘날 인도인들은 그를 스리 오로빈도(Sri Aurobindo), 즉 '존경하는 오로빈도 선생님'이라 부르며 그의 영전에 꽃을 바친다. 오로빈도는 간디 이전 시대 인도 독립운동사를 대표하는 인도의 국민적 영웅이다.

오로빈도의 시대 인도 지도층 대다수는 인도가 영국으로부터 완전 독립해야 한다는 생각을 감히 꿈꾸지도 못했다.

그러나 이름 없는 밑바닥 인도인들의 속마음은 그와 달랐다. 그렇기에 홀연히 나타나 인도의 즉각적이고 완전한 독립을 설파한 이 젊은 지도자의 열변과 지성, 그리고 용기에 인도 민중들은 매료되었고 뜨겁게 호응했다. 반면 영국 식민 당국은 이 '불온한' 젊은이를 '이 시대에 가장 위험한 자'라 낙인 찍었다. 감히 대영제국의 통치를 흔드는 이 자는 즉각 '제거' 되어야만 했다. 이것이 '폭탄 테러범의 수괴'라는 무시무시한 죄명으로 그를 악명 높은 앨리포어 감옥의 독방에 전격적으로 가두었던 이유였다. 그러나 1년 후 오로빈도는 그에게 퍼부어진 모든 중상과 모략, 그리고 가혹한 고통을 이겨내고 무죄 석방된다. 이 책은 감옥에 갇힌 젊은 영웅 오로빈도의 영적 투쟁과 승리의 육필 기록이다.

오로빈도는 특이한 경력을 가졌다. 이 책의 마지막 글 〈우타파라 연설〉을 읽어보면 그에게 대중을 감전感電시키는 놀라운 발언 능력이 있음을 금방 알 수 있다. 그러나 이 연설은 그의 모국어가 아닌 영어로 행해졌다. 1907년 12월 인도 국민회의당(Indian National Congress) 수라트 대회 때 오로빈도가 수천의 대중 앞에서 했던 모든 빛나는 연설들도 모두 영어로 했다. 그중 한 연설에서 그는 인도인인 자신이 인도어가 아닌 영어로 발언할 수밖에 없음을 부끄럽게 생각한다고 밝히기도 했다. 오로빈도는 인도인이지만 영어가 더 능숙했다. 인도의 완전 독립을 최초로 선명하게 주창했던 당사자가 그 당시 어떤 인도인보다 영어와 영국에 익숙했다는 사실은 재미있는 역설이다.

오로빈도는 1872년에 태어났다. 의사였던 아버지는 자식들이 철저히 영국화될 것을 원했다. 집에서도 그의 모국어인 벵골어 대신 영어만 썼으며 학교도 영어 학교를 보냈다. 그러다 오로빈도가 일곱 살 때, 두 형과 함께 영국으로 보내져 14년간 교육을 받았다. 7년은 맨체스터의 목사 집에서 가정 교육을 받았고, 5년은 런던의 세인트 폴 스쿨(St. Paul School)에서, 그리고 마지막 2년은 케임브리지 킹스 칼리지(King's College)에서 보냈다. 그는 지독한 책벌레이자 대단한 속독가였다. 라틴어와 희랍어에 특히 뛰어났으며, 영어뿐 아니라 불어도 능숙하게 구사했다. 언어 천재였고, 문학 특히 시가 그의 세계였다.

그러나 영국 생활이 유복했던 것만은 아니었다. 특히 후반 7년은 극단적인 궁핍에 시달렸다. 아버지가 충분한 돈을 보낼 수 없었기 때문이다. 덕분에 세인트 폴 시절부터 받았던 장학금과 큰 형이 하는 아르바이트로 세 형제가 간신히 연명했다. 오로빈도는 "아침에 차 한 잔과 토스트 한 조각, 저녁에 소시지 한 개"로 살았다고 이 시절을 회고했다.

인도로 귀국하기 전부터 이미 오로빈도는 강한 '문제의식'을 가지고 있었다. 주변의 영국 학생들보다 단연 뛰어났던 그는 지적 자부심이 높았지만 아무리 그래 봐야 식민지의 천한 아이에 불과했다. 어렸을 적부터 주변의 영국인들은 그의 뛰어난 재능을 희귀한 구경거리로 생각했다. 조그맣고 까맣고 수줍은 인도 아이가 성경과 희랍어, 라틴어 고전을 줄줄 외우다니! 그가 처음 위탁되어 7년 동안 교육을 받았던 가정의 영국인 할머니는 어린 오로빈도의 재능을 사랑해 여러 교회로 그를 데리고 다니며 그 신기한 재주를 자랑했다고 한다. 여러 사람 앞에서 성경의 기도문들을 외우도록 시켰던 것이다. 물론 어느 구절을 주문하든 그때마다 오로빈도는 척척 외웠으며 때론 희랍어나 라틴어도 주문한 대로 줄줄 외우는 것에 교구민들은 너무나 신기해했다. 하지만 오로빈도가 철이 들고나서 생각해보니 이 모든 일이 씁쓸했다. 나 자신은 어디에 있는가? 인도인이란 무엇인가? 그래서 그는 인도가 왜 이렇게 되었는가, 왜 현실이 이렇게 되었는가를 이해하기 위해 인도의 역사, 영국의 역사, 세계의 역사를 닥치는대로 읽었다. 그리하여 케임브리지 시절에는 이미 날카로운 현실비판의식을 품은 젊은이가 되어 있었다. 이 시기 오로빈도는 마즈리스(Majlis)라는 인도유학생 급진조직에서 활동했다.

오로빈도의 아버지는 그가 식민지 인도의 관료가 되어주기를 간절히 원했고 그러자면 I.C.S.(Indian Civil Service) 시험을 치러야 했다. 이 시험은 일제시대 고등고시에 해당하는 것으로 합격하면 인도인으로서는 최상급의 삶이 보장됐다. 오로빈도는 케임브리지에 입학하던 해 이 시험을 봐서 합격했지만 결국 최종 선발되지는 못했다. 그가 승마시험을 포기했기 때문이다. 승마시험은 의례적인 것이었지만 반드시 통과 해야 했고 시험 기회도 여러 번 주어졌다. 그러나 그때마다 오로빈도는 승마 시험장에 나타나지 않았다. 의도적으로 포기한 것이다. 아버지의 소원을 외면할 수도 없었지만, 영국의 대리인이 되어 식민지 관료 노릇을 하기도 싫었던 것이다.

대신 그는 귀국하여 인도 서부, 바로다(Baroda)의 작은 공국公國에서 공직을 시작해 나중에는 바로다 대학의 부학장이 되었다. 당시 인도는 영국의 통치 아래 있었지만 지역 군주들이 통치하는 작은 공국들도 상당히 남아 있었다. 오로빈도의 바로다 공국 시기는 이후 혁명적 정치활동의 면밀한 준비기였다. 그는 영국에서 많은 책들을 주문해서 읽었고 동시에 인도의 여러 언어들과 문헌들 역시 깊이 공부하기 시작했다. 그래서 몇 년 후에는 인도어로 집필할 수 있게 되었다.

오로빈도는 귀국한 지 6개월 만에 인도 출신 케임브리지 동문이 펴내는 영문 잡지 〈인두 프라카쉬〉에 날카로운 현실 비판 논평을 썼는데, 당시 인도 국민회의당의 미지근한 노선을 강하게 비판하는 글이었다. 그러자 국민회의는 협박성 압력을 넣었고 잡지사는 이에 굴복하여 그에게 논조를 약화시

바로다 공국의 성(왼쪽). 오로빈도와 바로다 공국 시절의 제자들(오른쪽)

켜 줄 것을 부탁했다. 오로빈도의 선택은 기고를 중단하는 것이었다. 지금은 때가 아니라고 판단한 그는 상황을 깊이 지켜보면서 조용히 움직이기로 한 것이다. 그러면서 서서히 인도의 마음, 인도의 민중, 인도의 신들에 접근했다. 아울러 그의 뜻을 같이 할 수 있는 사람들과 꾸준히 접촉했다. 바로다 지역만이 아니라 그의 고향인 벵골 지역의 사람들과도 꾸준히 만났다. 이러는 중에 요가수련도 서서히 시작했다.

오랜 준비 끝에 때가 왔다. 영국이 1905년 힌두 인구가 다수인 서 벵골과 이슬람 인구가 다수인 동 벵골을 행정적으로 분리하는 벵골 분리 법령을 선포한 것이다. 힌두와 이슬람의 상충하는 이해관계를 통치에 이용해보려는 전형적인 분할통치 전략이었다. 그런데 이 조치는 벵골만이 아니라 전 인도적으로 거센 반발을 불러일으켰다. 그리고 마침 벵골에 인도인들이 건립한 새로운 민족 대학, 벵골 국립대가 생겼다. 벵골 분리에 반대하다 학교에서 쫓겨난 학생들이 벵골 국립대로 몰려들었고 이 대학은 오로빈도를 초대 부학장으로 초청했다. 이 제안을 흔쾌히 수락한 오로빈도는 1906년 바로다를 떠나 콜카타로 왔다. 귀국한 지 13년, 일곱 살 어린 나이로 고향을 떠난 이후부터 셈하면 27년만의 귀향이었다.

오로빈도는 자신의 본격적인 정치활동이 1902년부터 시작된다고 말한다. 이때부터 한쪽으로는 국민회의당의 급진파 지도자들과 접촉하고, 다른 한 편으로는 주로 벵골의 젊은 운동 그룹들과 접촉하기 시작했다. 그가 주목한 국민회의당 지도자는 발 티락(Bal Tilak)과 베핀 팔(Bepin Pal)이었다. 그들은 스와라지(Swaraj, 자립) 구호를 내세워, 타협적인 온건 노선을 유지해온 국민회의당 지도부 다수파와 갈등 관계에 있었다. 다수파는 급진파를 매도하여 극단주의자(Extremist, 의역하면 '열렬파')라고 불렀다. 오로빈도는 이 명칭을 오히려 영예롭게 받아들인다. 오로빈도는 이들과 동지가 되었고, 이들의 주장을 더욱 날카롭고 정밀하게 완성시켰다.

콜카타에 도착하자마자 베핀이 창간한 일간지 〈반데 마타람〉에 합류했다. 반데 마타람은 '어머니를 경배하라'는 뜻의 벵골어로 오늘날 인도의 국가國歌처럼 불리는 노래이기도 하며, 당시 인도의 국민작가 반킴찬드라의 유명한 소설 제목이기도 하다. 오로빈도가 합류한 〈반데 마타람〉은 '열렬파'의 전국 기관지와 같았다. 오로빈도는 곧 〈반데 마타람〉의 실질적 편집자가 되었다. 그의 글은 독자들의 마음을 사로잡았다. 13년 전 〈인두 프라카쉬〉 기고 사건 이래 오랜 침묵 속에 다듬어온 그의 혁명적 필봉이 불을 뿜기 시작한 것이다. 인도 독립의 성전聖戰이 이렇게 그의 붓끝에서 시작되었다.

한편 오로빈도는 여덟 살 아래 동생 바린드라를 통해 벵골의 젊은 혁명가 그룹과 접촉했다. 바린드라 자신이 콜카타 학생운동의 지도자였고 비밀 혁명가 그룹의 리더였다. 당시 콜카타에는 두 개의 젊은 혁명가 그룹이 있었다. 하나는 아누시란 사미티(Anushilan Samiti, 자기계발 협회), 또 하나는 주간타(Jugantar, 새시대)로 이들 젊은 혁명가 그룹은 궁극적으로 인도의 독립을 위한 무장 투쟁을 준비했다. 이들은 '열렬파'의 군대 또는 창끝이었다. 오로빈도는 이 젊은 그룹의 정신적 지도자가 되었다.

오로빈도가 〈반데 마타람〉에 기고한 글들은 즉각 뜨거운 반응을 일으켰고 영국 당국도 역시 나름대로 뜨겁게(?) 반응

했다. 1907년 8월 오로빈도를 폭동교사죄로 기소한 것이다. 유명한 '반데 마타람 공판 사건'이다. 하지만 영국의 의도와는 달리 오로빈도는 무죄로 석방되었을 뿐 아니라, 이 공판으로 아주 유명해지고 말았다. 그는 이전까지 숨어 있는 지도자로 몹시 내성적이었고, 성품상 대중 앞에 나서는 것을 좋아하지 않았다.

이어 1907년 12월 수라트에서 국민회의 연차 대회가 열린다. 이 대회에서 '열렬파'와 '온건파(Moderates)'는 격렬한 논쟁 끝에 갈라서는데 오로빈도는 '열렬파'의 수장인 발 티락의 곁에서 모든 주요한 결정을 같이했다. 이 대회가 끝나고 수라트에서 콜카타까지 돌아오는 길에 여러 도시들에서 오로빈도는 대중 연설을 했다. 수천 명씩 모이는 대집회들로 '반데 마타람 공판 사건'의 젊은 영웅인 오로빈도에 대한 대중들의 열광은 대단했다. 이 순간들이 오로빈도의 정치적 삶의 절정이었다.

그러나 이 책 이야기의 배경이 되는 무자파푸르 폭탄 사건과 앨리포어 공판으로 '열렬파'는 많은 탄압을 받아 크게 약화된다. 앨리포어 공판, 특히 오로빈도가 공판 중 보여준 의연한 태도는 인도인의 마음에 큰 감동을 주었지만 수많은 지도자들이 실형을 받고 먼 곳으로 유배되었다. 영국의 강경대응이 이어지고 대중들도 크게 위축되었는데, 이러한 상황에 대한 묘사가 〈우타파라 연설〉에 잘 나타나 있다.

　오로빈도는 출옥 후 활동의 고삐를 늦추지 않았지만 영국 당국의 감시와 위협은 공판 전보다 훨씬 심해졌다. 임박한 재구속의 위기 속에 결국 그는 극비리에 프랑스 령 남인도 폰티체리로 잠행한다. 사실상 망명이었다. 이때가 1910년 4월로 이후 인도의 독립운동은 마하트마 간디의 등장까지 긴 침묵에 빠진다. 물론 그 사이의 기간에도 저항 활동이 없었던 것은 아니며 산발적이지만 격렬한 저항이 있었다. 그러나 대중의 큰 물결은 일어나지 못했다. 1915년 간디가 남아프리카 공화국에서 귀국해 대중운동을 시작하였고, 1921년 국민회의당의 지도자가 된다. 간디가 불러일으킨 인도 민중의 힘은 '열혈파' 지도자 티락과 오로빈도가 씨를 뿌렸다고 할 수 있다. 오로빈도의 펜과 오로빈도를 따랐던 젊은 '열혈파'의 분명한 행동이 없었다면, '인도는 완전 독립되어야 하고, 완전 독립될 수 있다'는 과감한 생각은 인도 민중의 가슴에 싹틀 수 없었을 것이다.

폰티체리에서 오로빈도는 삶의 제3기를 연다. 그가 옥중에서 부여받은 미래를 대비한 영적 소명(Adesh)의 완수에 몰두한다. 그리고 주위에 추종자들이 모여들어 아쉬람을 만든다. 폰티체리의 이 비범한 인물을 인도인들은 '스리 오로빈도'라고 부르기 시작했다. 인도인들은 자신들이 존경하는 영적 지도자에게 '스리'라는 존칭을 부친다. 이 시기 이후 그의 영적 수련과 그 수련이 도달한 높은 수준에 관해서는 이 자리에서 선부르게 몇 마디로 이야기할 수 없다. 후일 한국에서도 전문적인 연구자가 나와 이에 대해 깊이 상론하여 줄 것을 기대한다.

그는 폰티체리에서도 인도와 세계에 대한 관심을 거두지 않았다. 2차대전이 발발한 후 히틀러와 나치즘의 힘이 절정에 이르렀을 때, 그는 인도가 연합군과 협력할 것을 공식적으로 요청했다. 그는 나치즘과 히틀러는 더욱 큰 아수라적 악의 힘이며 나치즘이 승리하면 인류 앞에 더욱 어두운 미래가 기다리고 있다고 보았다. 그러므로 인도와 아시아가 연합군과 협력하여 나치즘에 맞서 싸우는 것이 자신의 해방을 촉진하는 길이라고 하였다. 1947년 8월 15일 인도의 독립이 선언된 날, 그는 〈다섯 개의 꿈〉이라는 성명을 발표했다. 1963년 8월 23일 마틴 루터 킹 목사의 워싱턴 행진 연설 제목 〈나에겐 꿈이 있습니다〉와 상통한다. 그 내용은 다음과 같다.

힌두와 이슬람으로 나뉜 인도가 다시 하나가 될 때까지 혁명적 운동이 계속되는 꿈

아시아가 회생하여 인류 문명의 발전에 거대한 기여를 하게 되는 꿈

만국을 정의롭게 협동하게 하는 외적 틀인 세계연합이 발전하는 꿈

인도의 영적 풍요가 세계의 구원에 기여하는 꿈

인류의 의식이 더 넓고 더 큰 차원으로 진화해 나가는 꿈

그리고 그는 1950년 폰티체리에서 서거했다. 그러나 그의

〈다섯 개의 꿈〉은 여전히 생생하기만 하다.

2. 옥중의 오로빈도

오로빈도가 앨리포어 감옥에서 보낸 일년은 크게 네 개로 구분할 수 있다. 제1기는 1908년 5월 초 수감으로부터 첫 한 달이다. 이 기간 오로빈도는 〈앨리포어 감옥 이야기〉에 상세히 소개되는 악명 높은 '44개의 법령' 중의 한 독방에 수감되었다. 그는 이곳에서 혹독한 육체적·정신적 고통에 시달렸다. 인도의 5월은 가장 무덥다. 그러나 이 첫 기간 오로빈도는 고통의 바다를 넘어선다. 제2기는 베란다와 뜰이 딸린 세 개의 대형 감방에 그의 동지들과 함께 수감되었다. 그 전체가 하나의 독립 수감동이었다고 한다. 이곳에서 한 달 반 정도 수용되었다. 이어 제3기에는 관련자 모두가 하나의 큰 홀 안에 다함께 수감된 한 달 반이다. 이 제2기와 3기는 수감자들에게 매우 행복하기조차 했던 시간으로 묘사되고 있다.

수감 방식이 점차 관대해진 것은 한 편으로는 이 사건 관련자들이 전혀 난폭하지 않다는 것을 교도 당국이 알게 되었기 때문이었다. 그러나 그들에게는 또 하나의 숨은 목적이 있었다. 수감자들 중 경찰이 밀정으로 매수한 나렌드라나트 고스와미가 좀 더 자유롭게 수감 동료들을 접촉하여 비밀 정보를 빼낼 수 있게 하려던 것이었다. 고스와미의 노골적인 밀정 행각은 수감자들 사이에 공공연한 비밀이 되었고, 분노의 표적이 되었다. 이윽고 사건이 터진다. 공동 수감생활을 하던 젊은이들 중 카나이 랄 두트와 사티엔드라나트 보스라는 두 젊은이가 권총을 몰래 입수하여 고스와미를 사살해버린 것이다. 1908년 8월 31일의 일이었다. 이 사건으로 두 젊은이는 별도의 재판을 받고 사형에 처해진다. 이 사건 이후 수감자들에 대한 처우는 극도로 강경해진다. 남아 있는 사람들 모두가 오로빈도가 처음 수감되었던 '44개의 법령'에 각각 독방 수감되었다. 이곳에서 수감자들은 1909년 5월 판결공판을 맞는다. 따라서 오로빈도의 수감 제4기는 고스와미 살해 이후 1908년 9월에서 다음해 5월 출옥까지의 기간이다.

'44개의 법령'의 독방 생활은 오로빈도가 묘사한대로 지극히 비인간적이고 고통스러운 것이었다. 처음 수감되었을 때 이 독방에 수감된 사람은 오로빈도와 헴찬드라 두 사람뿐이었고, 나머지 사람들은 조건이 덜 혹독한 공동 감방에 여러 명씩 수감되어 있었다. 두 사람을 '44개 법령'에 분리 수감한 이유는 수사 당국이 오로빈도를 이 사건 총책, 헴찬드라를 폭탄 제조책으로 보고 있었기 때문이다. 이 사건으로 수감 생활을 했던 사람들의 후일 증언에 따르면 '44개 법령'의 독방 생활은 매우 견디기 어려운 것이었다고 한다. 오로빈도 역시 이곳에 처음 수감되었을 때 커다란 고통을 겪었다. 그러나 처음 10여 일의 극심한 고통 이후 그는 목티(mokti), 즉 해탈, 해방을 경험한다. 그 경험 이후 오로빈도는 완전히 다른 사람이 된다. 그러한 오로빈도에게 고스와미 살해 사건 이후 다시 돌아온 독방생활은 오히려 행복한 영적 충만의 시간이었다고 쓰고 있다.

그러나 체포와 수감 초기에는 그렇지 못했다. 두려웠을 것이다. '폭탄 테러범들의 수괴' 혐의로 체포되지 않았는가? 죽음이 입을 크게 벌리고 기다리고 있다. 고통스러웠을 것이다.

갈증과 배고픔, 더위와 탈진, 독방에서 의식의 불이 꺼져가는 순간의 육체의 고통은 너무나 크다. 죽고 싶을 만큼 절망스러웠을 것이다. 혼신을 투여했던 그 동안의 모든 노력이 한 순간에 물거품이 될 것 같고, 자신을 믿고 따랐던 수많은 젊은 이들의 파멸이 눈앞에 보인다. 이제 이 나라는 어떻게 될 것인가? 자신이 혼신을 다 바쳐 구하기로 한 '어머니 인도'는 이제 어디에 주저앉아 또 슬피 울어야 하나? 고뇌와 번민 속에 '실성'의 언저리에 이른다. 그러나 오로빈도는 이 모든 상황을 회피하거나 외면하지 않는다. 분노나 증오로 자신을 태워 몸부림치지도 않는다. 오히려 이 거대한 제약과 도전들을 정면으로, 기꺼이 맞이하여 그것을 해탈의 동력으로 뒤집어 놓았다. 이 반전의 순간을 오로빈도는 다음과 같이 담담하게 전한다.

어느 날 오후, 난 생각 중이었는데 생각의 흐름들이 끝없이 밀려들더니 갑자기 통제 불능 상태가 되어 무질서하게 뒤엉키기 시작했다. 내 마음을 조절하는 힘이 멈춰가고 있음을 느낄 수 있었다. 잠시 후에 내가 다시 나 자신으로 되돌아온 후 곰곰 돌이켜보니, 마음의 통제력이 멈추었던 그 순간에도 '지성'은 단 한순간도 스스로를 잃거나, 길을 벗어나지 않았던 것인데, 이것은 마치 지성이 이러한 놀라운 현상을 조용히 지켜보고 있던 것과 같았다. 그러나 그 순간에는 내가 실성한 것이 아닌가 하는 공포에 사로잡혀 그러한 지성의 관조 작용을 감지하지 못했다. 난 뜨겁고 간절하게 신을 불렀고, 내 지성이 사라지지 않도록 해달라고 그분께 기도했다. 바로 그 순간 내 존재 위로 부드럽고 서늘한 미풍이 퍼져 나갔다. 동시에 열뜬 두뇌는 긴장이 풀어지고 편안한 상태가 되었고 이어 생전 처음 느껴보는 지상의 열락悅樂이 찾아왔다.

p. 76

감관계感官界의 영역 안에 있는 의식의 흐름이 질서를 잃고, 즉 "규제적 힘을 잃고" 분열될 때, 그 규제적 중심이 무너질 때, 이 순간이 바로 오로빈도가 말하는 실성의 언저리다. 오로빈도의 극심한 고뇌와 고통이 실성의 언저리에까지 이르렀던 것이다. 오로빈도가 겪은 것과 같은 극한적인 위기의 순간이 아니더라도 이러한 의식의 규제적 힘의 혼란은 누구나 경험할 수 있는 것이다. 혼란에 빠지거나 모든 것이 뒤죽박죽이 되는 것 같이 느끼는 순간들이 있다. 그러나 이러한 혼란의 순간은 어느 정도 시간이 지나면 다시 정상으로 회복되는 것이 보통이다. 인간을 실성으로부터 지켜주는 어떤 안전장치가 존재하기 때문이다. 그 안전장치가 바로 감관계의 영향 아래 있는 의식의 흐름을 "조용히 지켜보고 있는" 또 다른 의식의 존재다. 이것은 감관적 의식의 규제적 중심을 붙들어주고 있는 '중심의 중심'이다. 이 안전장치가 모종의 극한적 상황에서 무너질 때 인간은 실성하게 된다.

그러나 이러한 '또 다른 차원의 의식의 존재'를 사람들은 보통 잘 인식하지 못한다. 일상적으로 너무나 자연스럽게 잘 작동하고 있기 때문이다. 그러나 오로빈도는 결정적인 위기 속에서 자신을 실성으로부터 지켜주었던 그 '또 다른 차원의 의식'의 존재를 날카롭게 포착해냈다. 인간이면 누구나 가지고 있는 '중심의 중심'을 절체절명의 순간에 발견하고 여기에 의지한 것. 이것이 그가 영적으로 뛰어난 점일 것이다.

오로빈도는 옥중 위기의 순간에 이 '또 다른 차원의 의식'을 선명히 포착해냈고, 그것이 자신을 미치지 않게 해주었음을 깨달을 수 있었다. 섬세하면서도 강인한 분별력이다. 내면을 깊이 들여다보는 자기 훈련을 오래하였을 때 이런 분별력을 갖게 될 수 있을 것이다. 그러나 오로빈도는 여기에 멈추지 않았다. 이를 잃지 않게 해달라고 간절하게 기도했다. 너무나 절박했기 때문이다. 미쳐버릴 것 같은 위기의 순간에 섰기 때문이다.

이때 그의 '신'은 그의 기도에 응답했다. 그 순간 이후로 그에겐 옥중의 모든 고통과 슬픔이 '연꽃에 떨어지는 물방울'과 같게 되었다고 했다. 이 순간 이후, 고통과 슬픔을 주는 상황 자체가 사라진 것이 아니다. 여전히 있다. 그러나 그의 내부를 적시지 못한다. 영향을 주지 못한다. 아무리 장대비가 와도 연꽃의 내부를 적실 순 없다. 겉에서 구를 뿐이다. 고통과 슬픔, 그리고 고통과 슬픔을 느끼는 주체를 철저히 관조하게 된 것이다. 한 발 더 나아가 "바로 그 슬픔 속에서 기쁨과 힘을 느낄 수 있게 되었다"라고 말한다. 그리하여 오로빈도는 여러 고통들을 넘어서 "어떠한 고난을 느낀다는 것이 불가능한 상태"에 이르게 된다.

이 순간은 오로빈도의 삶 전체 속에서도 결정적인 순간이었다. 〈앨리포어 감옥 이야기〉 전반에 흐르는 특징적인 고요함과 거리감각, 유머정신, 따듯한 인간애는 모두 이 결정적인 회심回心의 힘이 가져다주었던 효과였다. 물론 너무나 당연한 이야기지만, 그만큼 준비되어 있었던 정신이었기에 그 모든 것이 가능했을 것이다.

이 회심의 순간 이후 그는 자유로워진다. 그는 말한다. "나에게 적이 없으니 누구를 적이라 하리오……" 무서운 싸움의 한가운데 선 사람이 적이 없다니! 그러나 말만이 아니라 실제로 보인다. 요즘 말로 '처세'의 달인이어서가 아니다. 정반대다. 진정으로 주인이기에 적이 없다. 그를 적으로 보는 사람은 주변에 널려 있다. 그러나 그의 마음 속에는 적이 없다. 그를 반드시 사형에 처해보겠다고 기를 쓰고 있는 검사 노턴에 대해서조차 오로빈도는 유머스러운 기분으로 바라본

다. '노턴 검사, 대단합니다. 굉장한 소설을 쓰고 계시는 군요……'

특히 이 책의 첫 에세이 〈앨리포어 감옥 이야기〉는 수준 높은 유머 문학의 백미白眉라 할 만하다. 극한의 상황을 묘사하면서도 그가 한시도 잃지 않는 유머와 유쾌함은 우리를 경탄하게 한다. 그의 글을 읽는 우리도 덩달아 즐겁게 만든다. 오로빈도가 영국제국의 시스템을 조롱하지만 여기서도 증오의 감정은 읽히지 않는다. 동지였다가 옥중에서 밀고자로 전락한 젊은이에 대한 감정도 분노가 아니라 연민이다. 밥그릇에 용변까지 보게 했던 어이없는 식민지 감옥 상황에 대한 그의 세밀화적 묘사는 이상하게도 분노와 불쾌감을 전해주지 않는다. 오히려 읽는 이에게 참을 수 없는 웃음을 선사한다.

이 비상한 여유로움으로 오로빈도는 이미 수감 기간 중에 인도인들의 전설이 되었다. 간수들의 입을 타고 오로빈도 이야기가 널리 감옥 담장 밖으로 퍼져 나갔다. 법정에서의 오로빈도의 태도도 전설이 되었다. 법정 심리 기간 그가 보인 고도의 평정과 여유 그리고 재판진행에 대한 '스토아적인 무관심'은 특히 영국 신문의 기자들에게 매우 기이하고 신비로운 느낌을 주었고 그들의 기사를 통해 오로빈도의 이름이 멀리 서방으로까지 퍼져 나갔다.

3. 작은 진실과 큰 진실

이 책의 텍스트는 짧지만, 그를 둘러싼 컨텍스트는 복잡하고 미묘하다. 이 책은 한가로운 '도통' 체험기가 아니다. 1909년 5월 출옥 직후부터 더욱 심해지는 탄압을 피해 폰터체리로 잠행하는 1910년 2월까지 아주 긴박하고 긴장된 상황 속에서 혁명가로서, 혁명을 위해 쓴 것이다. 영국은 오로빈도의 무죄 석방을 도저히 받아들일 수 없었고 그를 '이 시대에 가장 위험한 자'라고 불렀다. 당연히 그런 자에게 자유는 절대 허용되어서는 안 되었으며, 체포가 전제된 사찰과 감시는 더욱 강화되었다. 이런 상황에서 오로빈도는 그들이 뻔히 들여다보는 공개 지면에 '대놓고' 이 글들을 발표했다. 그는 앨리포어 공판 이후 주춤해진 스와라지, 반데 마타람의 불길을 인도 민중의 마음에 다시 불러일으키려 했다. 공개 연설도 많았으며 〈우타파라 연설〉 역시 그중 하나다. 흡사 범의 아가리 안에서 횃불을 지피려 한 것과 같은 오로빈도의 행동과 그를 둘러싼 이런 팽팽한 긴장과 대치의 상황을 감안하면서 이 텍스트를 읽어야 한다.

텍스트에서 오로빈도는 그의 젊은 동지들이 폭탄을 만들었고 이를 식민지 체제를 공격하기 위해 사용했다는 것을 한 번도 부인하거나 변명하지 않는다. 오히려 정면으로 당당하게 밝힌다.

우리에 대한 기소 내용은 어떠한 것이었는가? 나라를 외국의 지배로부터 해방시키기 위한 봉기의 시도, 또는 무장투쟁의 모의謀議였다.

p. 45

자신들의 행위를 나라와 나라, 민족 대 민족 간의 정정당당한 정치투쟁으로 보는 것이다. 그렇다면 오로빈도가 항의

하는 것은 무엇인가? 영국법에서 정치범은 일반 형사 범죄와는 다르게 정중하게 대하는 것이 관례이다. 따라서 나라와 나라 간의 정정당당한 싸움, 전쟁에서 포로가 된 사람들에게 그에 준하는 예의를 지키라는 것이다. 그러나 영국은 "일반 절도범, 강도범들과 함께 섞어놓고, 짐승우리 같은 곳에 가두어 짐승 취급을 하고, 짐승들조차 외면할 음식을 주고, 제대로 씻지도 못하게 하면서 갈증과 배고픔, 빛과 더위, 비와 추위에 시달리게" 하였다. 문명을 자랑하는 영국이라면 앞뒤가 맞게 문명국답게 처신하라는 훈계다.

또 오로빈도가 담당 검사 노턴에 대해 긴 지면을 할애하여 조롱하고 있지만, 이 역시 자세히 보면 노턴이 전혀 없는 사건을 만들어서 처음부터 끝까지 순전한 거짓말을 하고 있다고 비난하는 것이 아니다. 오로빈도는 우선 인도인을 미개인이나 바보 취급하는 노턴의 태도를 질타한다. 인도를 보는 그런 편견 때문에 실은 노턴 자신이야말로 바보짓을 하고 있다고 조롱한다. '미스터 노턴. 당신은 너무나도 헛발을 짚고, 엉뚱한 사람들만 괴롭히고 있다. 큰 소리만 칠 뿐 사실은 무능하고 엉터리다. 하려면 제대로 해봐라. 과연 당신이 나를 잡을 수 있는가? 무슨 증거와 어떤 법적 근거로 잡겠다는 것인가? 제대로 된 증거는 하나도 없이 법정에서 소설을 쓰고 있는가?' 꾸짖고 놀린다.

당시 인도인들에게 영국이란 그저 기가 탁 죽는 어마어마한 대상이었다. 그들의 힘은 너무나 강하고, 체제는 너무나 우수하다는 것이 보통 인도인들의 생각이었다. 그래서 다수의 인도인들이 영국의 지배를 내심 인정했고, 영국 체제를 대표하는 검사는 우수함과 강함의 얼굴이요 상징이었다. 그러나 오로빈도는 그 대단한 영국 검사를 완전한 바보, 웃음거리로 만든다. 영국 식민지 체제, 영국 검사, 영국 법률, 영국의 감옥은 허점투성이, 억지투성이, 문명을 표방하지만 야만으로 가득한 난센스일 뿐이라는 사실을 인도인들에게 분명히 보이려는 것이다. 그렇게 영국이라는 우상을 파괴해 인도인의 마음에 자신감을 심어주려 한다. 영국을 너무나도 잘 아는 오로빈도가 아니면 불가능한 일이었을 것이다.

이렇듯 철두철미한 '확신범'인 오로빈도가 어떻게 무죄로 풀려날 수 있었을까? 정확히 말하면 증거불충분이다. 최종심 판결문을 보면 오로빈도가 직접 폭탄 제작에 가담했다는 증거가 없고, 오로빈도의 글이 직접적인 무력의 사용을 고취한 적이 없다고 적시하고 있다. 그것은 분명한 사실로 양심적 판사라면 법적으로 그런 판결을 내릴 수밖에 없었다. 그러나 주목할 사실은 오로빈도가 하급심의 재판장 벌리에 대해서는 심하다 싶을 정도로 조롱을 퍼붓고 있지만, 케임브리지 동창이자 최종심 판사였던 비치크로프트에 대해서는 언급이 없다는 점이다. 검사가 덮어씌운 온갖 죄목을 단번에 벗겨주었으니, 그 판결 논지를 '예의상' 조금은 언급해줄 만도 했다. 그러나 단 한 줄, "야속하게도 덴마크의 왕자를 [검사의 위대한 각본인] 『햄릿』에서 쏙 빼버린 자, 바로 그 유머감각 없는 판사 비치크로프트"라고 농담조로 한마디 슬쩍 던진 것이 전부다. 왜 그랬을까?

또 하나 흥미로운 것은 그를 무죄 석방시키는 데 결정적 역할을 한 치타란얀 변호사의 변론 내용에 대해서도 전혀 언급하지 않은 점이다. 아래 구절이 전부다.

나를 구하기 위해 모든 생각과 일들을 제치고 그의 건강까지 상해가면서 몇 달 동안 날이면 날마다 밤을 지새우던 치타란얀 다스 변호사의 이름을 여러분은 들어보았을 것입니다. 그를 보았을 때 나는 만족했으나 소명서를 쓰는 것이 여전히 필요하다고 생각했습니다. 그때 이런저런 것들이 필요하다는 일체의 생각이 사라지면서, 내 안에서 메시지가 울려왔습니다. "네 발밑의 함정에서 너를 구해줄 사람은 이 사람이다. 서류를 치워라. 그를 이끌 사람은 네가 아니다. 내가 그를 이끌어주마."

그 시간부터 나는 나의 변호사에게 사건과 관련하여서는 한마디 말도 먼저 하지 않았고, 어떤 지침도 주지 않았습니다.

p. 202

오로빈도가 단순히 그의 '무죄'를 강조하기 위해 이 글들을 썼다면, 치타란얀의 변론 내용이나 비치크로프트의 판결 내용을 길게 강조하여 인용했어야 마땅하다. 그러나 상황은 그렇게 단순하지 않다. 오로빈도는 그가 영국의 법정에서 영국 법률의 심판을 받고 있는 상황 자체의 정당성을 인정하고 있지 않다. 검사 노턴이 주도하는 법정은 오로빈도가 폭탄 제작에 관여했느냐 안 했느냐, 그러한 사실을 미리 알고 있었느냐 아니었느냐를 따지고 있지만, 그에게는 그러한 '진실 놀음'이 거대한 허구에 불과했다. 영국의 법정 자체가 폭력이고 부정의라고 보기 때문이며, 그런 게임의 규칙 속에서 자잘한 시시비비를 가리지 않겠다는 것이다.

당시 영국 신문의 보도에 따르면 오로빈도는 공판 진행에 대해 '스토아적인 무관심'을 보였다고 한다. 역자가 보기에 오로빈도가 비치크로프트의 판결문이나 치타란얀의 변호 내용을 언급하지 않은 이유는 더 큰 진실을 지키기 위해서다. 비치크로프트나 치타란얀은 영국 법정의 게임 틀 안에서 그가 무죄임을 이야기했다. 그러나 오로빈도는 마음속으로 외친다. '불의한 영국의 지배에 모든 수단을 다하여 맞서 싸워 독립을 쟁취하는 것, 그 자체가, 그 전부가 무죄다.'

검거 선풍이 불고 오로빈도를 포함한 49명이 체포되었지만, 드러나지 않은 조직이 있었다. 특히 한 사람의 중요한 젊은 지도자, 바가 자틴이 남아 있었다. 그는 무자파푸르 사건 이전,

폭탄 공격을 개시하자는 바린드라의 제안을 '시기상조'라고 물리쳤다. 당시 벵골의 고급 공무원으로 재직 중이었던 바가 자틴은 바린드라의 그룹이 검거되고 난 후, 잔존한 조직을 추슬러 지도한다. 그리고 앨리포어 재판에서 악명을 떨쳤던 경찰들이 이후 연이어 암살된다. 이 책에서도 상세히 묘사되는 옥중 밀고자 고스와미 살해 사건에도 바가 자틴이 지도하는 이 그룹이 개입되었을 가능성이 있다. 고스와미를 살해했던 두 젊은이에게 사형을 선고한 영국인 행정관도 암살되었다.

바가 자틴은 신중하면서도 대담한 혁명가였다. 영국과 독일의 갈등 관계를 꿰뚫어보고 1911년 독일 황태자가 인도를 방문했을 때 그를 비밀리에 만나 인도가 영국과 싸울 테니 무기를 지원해 달라고 요청하기도 했다. 이 약속은 1차대전이 발발된 후 실제로 지켜졌다. 바가 자틴은 훗날 인도 공산당을 창당한 유명한 로이(M.N. Roy)를 독일로 보내 무기를 대량으로 실은 배를 인도에 비밀리에 보내는 계획을 성사시킨다. 이 계획은 성사 일보 직전에 영국 정보부에 흘러가 벵골 해안은 봉쇄되었고, 바가 자틴은 1915년 출동한 부대와 교전 끝에 피살되었다. 후일의 사가들은 그때 무기를 실은 독일의 배가 벵골에 도착했다면 역사는 달라졌을 것이라고 말한다.

오로빈도 역시 바가 자틴을 알고 있었다. 아직 검거되지 않은 많은 조직원들이 있는 것도, 그들이 바깥에서 투쟁을 계속할 것도 알고 있었다. 그러나 식민 권력이 그들을 잡아들이기 위해 혈안이 되어 있는 상황에서 이 모든 사실에 대해 오로빈도는 철저히 침묵한다. 그렇다고 해도 텍스트에서 오로빈도가 단 한마디라도 거짓말을 하고 있는 것도 없다. 다만 영국 당국의 좋은 먹잇감이 될 수 있는 부분에 대해 철저히 침묵할 뿐이다. 그래서인지 이 텍스트에는 모호한 구절이 많다. 텍스트 안에 또 하나의 긴 침묵의 텍스트가 잠겨 있는 것이다. 그런 눈으로 텍스트를 보면 숨은그림찾기를 하는 것처럼 읽기가 더 흥미진진해진다. 이러한 사실들을 알고나면 오로빈도의 그다지 길지 않은 이 텍스트가 도스토예프스키의 『악령』이나 『백치』, 『카라마조프가의 형제』만큼이나 복잡한 플롯과 컨텍스트를 가지고 있음을 알게 된다.

비치크로프트와 치타란안에 대해 길게 언급하지 않은 또

다른 이유도 그런 숨겨진 상황과 관련 있다. 치타란얀은 오로빈도가 폭력이나 무장투쟁 계획과는 무관하다고 변호했고, 비치크로프트는 이 변론을 받아들였다. 모두 영국 식민지 법정의 게임의 규칙 안에서였다. 이들은 모두 오로빈도를 구명求命해준 고마운 사람들이다. 그러나 그러한 게임의 규칙 자체를 인정하지 않는 오로빈도는 그들의 변론 요지, 판결 요지에 대해 침묵으로 응답할 수밖에 없다. 그들의 언어를 빌려서 영국 법률의 잣대로 그의 '무죄'를 애써 주장하는 것은 큰 진실을 오히려 감추고 훼손하는 것이 되기 때문이다.

그렇다면 오로빈도는 폭력에 대해 어떤 입장이었을까? 그는 분명히 인도의 독립을 위해서는 무장봉기 역시 필요하다고 생각했다. 특히 인도 군인들의 봉기와 장기적인 게릴라전이 필요하다고 보았다. 오로빈도가 바가 자틴을 처음 만났을 때 강조했던 것이 이 점이었다고 한다. 그러나 암살과 같은 개인적 테러에 대해서는 부정적이거나 회의적이었던 것으로 보인다. 인도 독립 이후 여러 사람들의 증언에서 혁명가로서 오로빈도의 면모가 드러나지만, 테러에 대해 오로빈도가 긍

정적이었다는 언급은 찾아볼 수 없다.

반면 그의 글을 통해 그가 테러를 우려하고 있었다는 것은 여러 곳에서 확인할 수 있다. 어쨌거나 폭력에 대한 오로빈도의 입장은 간디와 분명히 다르다. 오로빈도는 비폭력을 절대 원칙으로 생각하지 않았다. 그렇지만 폭력을 우선하거나 선호했던 것도 분명 아니다. 그의 장기적 독립 프로그램은 어디까지나 다양한 수준의 정치, 경제, 교육, 문화적 자치 기구의 설립에 주안점을 두고 있었다. 다만 당시의 상황에서 영국이 평화적으로 인도를 포기할 것이라고 생각할 수 없었기에 거기에 대한 대비 역시 분명해야 한다고 생각했다.

폭력이란 뜨겁고 공격적인 라자스의 힘이다. 타성에 빠진 인도인의 게으르고 무기력한 타마스를 뿌리 뽑기 위해, 그리고 라자스의 거대한 화신인 영국에 맞서기 위해 라자스의 패기가 필요한 것은 분명하다. 그러나 라자스의 힘만이 커지면 악마적 힘이 된다. 오로빈도는 프랑스혁명의 타락 과정을 고찰하면서 말한다.

라자스는 점차 지배적인 위치를 차지하면서 그 자신의 취향을 만족시키려고 했고, 그렇게 해서 사트바에 반대하는 악마적 양상으로 그 자신을 전환시켰다.

p. 161

오로빈도는 라자스가 높은 이상을 추구하는 맑고 차분한 기운, 사트바에 의해 규제되어야 한다고 거듭 강조했다. 그리고 인도의 사트바적 힘에 대한 신뢰를 표현한다. 인도의 각성이 람모한 로이 등과 같은 사트바적 영웅들에 의해 시작되었음은 인도의 축복이라고 말한다.

1905년 이후 벵골 분리령을 계기로 인도 전역에서 거세게 일어난 독립의 기운은 라자스의 힘이 표출된 것이지만, 여기에는 사트바적인 요소들이 가득 차 있다. 통제되지 않은 열정으로 기우는 경향이 없지 않지만 결코 극한에 이르지는 않는다. 라자스와 사트바가 함께 작용하고 있기 때문이다. 어떤 흥분이 솟아오르더라도 이는 곧 다스려지고 갈무리될 것이다. 외부의 힘 때문이 아니라 내면의 정신적인 힘과 사트바적인 요소에 의해 흥분은 곧 정복되고, 자기 통제 아래에 들게 될 것이다. 우리는 오로지 종교적인 정신을 확대함으로써 이 사트바적 자질을 키워나갈 수 있다.

p. 163

그리고 살인과 같은 극단적 폭력을 넘어서는 것이 인류 진화의 첫 과제라고 강조한다.

나와 같은 건으로 기소되어 함께 투옥되었던 사람들 중 상당수는 무죄판결을 받았으나 나머지는 내란 음모의 유죄판결을 받았다. 인간 사회에서 살인 이상의 중죄는 없다. 물론 나라의 이익을 위해 살인을 행하는 자의 개인적 품성은 결코 나쁘지 않을 것이다. 하지만 그렇다고 하더라도 사회적 관점에서 보면 죄의 무게가 줄어들지는 않는다. 또 마음 깊숙한 곳에 살인의 흔적이 새겨져 있고, 마음에 튀긴 핏방울처럼 잔인성이 침범해 들어와 있음을 인정할 수밖에 없다.

앨리포어 감옥

잔인성은 야만의 특성이다. 그러나 동시에 잔인성은 진보를 향해 진화해가면서 인류가 자유로워지는 맨 첫 번째 것이다. 우리가 이를 완전히 버릴 수만 있다면 인간성 상승의 길에 심어져 있는 위험한 가시 하나가 뽑혀질 것이다. 기소된 자들이 유죄라고 추정할 수는 있겠지만 그것은 단지 지나치게 넘쳐흐르고 통제되지 않은 라자스적 힘의 일시적 표출로 이해하지 않으면 안 된다. 그들 안에도 사트바의 힘이 숨어 있을 것이고, 따라서 잠정적인 수양의 부족이 경종을 울릴 이유는 되지 않는다.

pp. 169-170

여기서 오로빈도는 그의 젊은 동지들을 변호하지만, 그가 품고 있는 우려를 간접적인 방식으로 드러낸다. "지나치게 넘쳐흐르고 통제되지 않은 라자스적 힘"을 경계하라고. 사트바적 힘을 기르고, 더 나아가 한 단계 높은 인류 의식의 진화를 위해 부단히 수련하는 것, 그가 이후 폰티체리에 은거하여 정진했던 길이다.

오로빈도는 큰 강이고 바다다. 그를 어느 한 부류, 한 흐름으로 묶고 규정할 수 없다. 여럿이 모여 하나의 전체를 이룬다. 요즘 유행하는 말로 하면 하이브리드이되, 거대한 하이브리드다. 영국에서 교육받고 자랐지만 인도의 정수精髓를 흡수했다. 내셔널리즘을 고창했지만 코스모폴리탄이었다. 자유주의자, 사회주의자, 무정부주의자 어느 한 부류에 넣을 수 없다. 시인이자 작가, 학자이자 행동인, 언론인이며 다작의 문필가, 혁명가이면서 요가수련자, 현대 정치 사상가이자 힌두 철학자, 인도의 큰 정치가이자 영적 구루였다. 오로빈도는 그 모두였다.

오늘날의 관점에서 볼 때 100년 전의 인물인 오로빈도의 견해에 오류나 한계가 없을 리 없다. 영성이 몸과 꼭 같은 방식으로 유전된다고 본 그의 견해는 오늘날 과학의 인정을 받기 힘들다. 몸을 영혼의 감옥으로만 묘사하는 그의 서술은 영혼의 승화 역시 몸을 통해 이루어진다는 자명한 진실에 의해 보완되어야 한다. 나는 그가 이러한 현대적 '몸 철학'에 전혀 반대하지 않을 것으로 생각한다. 또 그의 열렬한 민족주의가 오늘과 같은 식민지 이후 시대(post-colonial era)의 상황에서는 때 지난 열정으로 느껴지는 것도 사실이다. 그러나 이러한 한계와 오류조차 스스로 극복해 갈 원대하고 영원한 자기교정의 힘이 그 삶과 사상 내부에 풍부하게 존재한다는 점이 오로빈도의 매력이다. 그의 꿈은 인도만이 아닌 세계 전체, 인류 전체의 영적 변혁에 있었다. 인류가 더 높은 영적 차원으로 승화해 갈 것임을 그는 확신하고 있었고, 그 거대한 변동을 촉진하기 위한 촉매로 자신의 한 몸, 한 평생을 불살랐다. 이제 이 시대는 인류의 미래를 새롭게 구상해볼 것을 요청하고 있다. 당연시해온 200여 년의 서구중심적·자본주의적 세계질서, 삶의 양식과 가치가 근본에서부터 흔들리고 있다. 바로 이러한 시대이기에 오로빈도의 음성은 각별한 호소력을 가지고 우리에게 다가온다.

1. 왜 이 책을 옮기는가?

아내가 묻는다. 왜 그렇게 열심이냐고. 안 하던 번역을 밤늦게까지 하고, 밥 먹을 때도 한동안 오로빈도 이야기만 하니 궁금했던 모양이다. 이 책을 지금 한국에서 펴내는 의의가 뭐냐고도 묻는다. 왜 갑자기 100년 전의 인도 사람 이야기고, 그것도 왜 하필 감옥 이야기인가?

답을 찾자면 가장 먼저 '잃어버린 마음을 찾기 위해서'라고 할까. 마음을 잃어버린 건 나를 포함한 한국인 모두가 아닌가 싶다. 출퇴근길에 운전을 하다보면 도대체 양보란 없다. 모두가 너무나 공격적이다. 남자나 여자나, 큰 차나 작은 차나, 택시나 자가용이나 별 다를 바 없다. 물론 가뭄에 콩 나듯 예외는 있다. 그럴 때면 가뭄에 단비처럼 반갑지만, 한두 방울로 '똑'이다. 어디 운전만인가. 모두가 코앞의 제 이익만 찾느라 뜨겁게 공격적으로 바쁘다.

오로빈도는 이 책에서 인도인에게 라자스(Rajas, 뜨겁고 공격적인 기운)를 요구한다. 당시의 인도가 타마스(Tamas, 게으르고 무기력한 기운)에 빠져 있다고 보았기 때문이다. 라자스가 타마스를 잡는다. 그러나 라자스는 독이다. 과해지면 모두를 해친다. 그래서 오로빈도는 사트바(Sattwa, 높은 이상을 추구하는 맑고 차분한 기운)를 강조한다. 라자스의 고삐를 틀어쥐어 사트바에 봉사하도록 해야 한다고 말한다.

"우리에게 필요한 것은 타마스의 폐기, 라자스의 통제, 사트바의 발현이다."

우리에게 적실한 말이 아닌가? 우리도 한때 라자스가 필요하다고 외쳤던 때가 있다. 착하지만 무능한 흥부보다, 못됐지만 유능한 놀부를 배우자고 하였다. 그러나 웬만큼 살게 된 지금 돌아보니 라자스만이 창궐하고 있다. 그래서 우리는 너무나 목이 마르다. 사트바의 단비가 필요하다. 이 책은 사트바의 단비를 뿌려준다.

또 다른 이유를 찾자면 이 땅의 젊은이들에게 희망과 용기를 주고 싶어서다. IMF 이후 우리 젊은이들은 아무래도 너무나 위축되어 있다. 바라보는 마음이 딱할 정도를 넘어 괴로울 지경이다. 이 책은 불가능에 도전한 인도 젊은이들의 이야기다. 정의와 이상을 향한 젊은이들의 순수한 열정, 어떤 난관에도 굴하지 않는 높은 기개가 이 책에 생생히 그려져 있다.

이 책의 배경인 20세기의 첫 십 년, 그때 인도가 영국과 동등해진다는 생각은 불가능한 망상으로 보였다. 스와라지(Swaraji, 인도의 자기 통치)는 당시 젊은이들이 품었던 꿈이었다. 영국은 압도적으로 강하고 우월하고 인도는 너무나 나약하고 뒤떨어져 있다. 지배를 인정해야 한다. 동등함이란 망발이다. 당시의 보통 인도민들은 그렇게 생각했다. 하지만 오로빈도와 그의 젊은 동료들은 이 통념에 불을 질렀고 그들의 꿈은 이루어졌다. 이 책에서 상세히 묘사되는 '앨리포어 재판'은 인도 현대사에서 인도의 완전독립 의지가 최초로 선명하게 표현되었던 중요한 사건이다.

우리에게나 인도에게나 '독립'은 이제 먼 옛날이야기지만 이 책은 여전히 보편적 울림을 갖는다. 왜냐면 그에게 '독립'

은 어느 시대 어느 나라의 독립만이 아니고, 모든 시대 모든 나라의 독립이며, 더 나아가 모든 인류 내면의 영적 독립, 보편적 이상을 뜻하기 때문이다.

보편적 울림은 이 책의 배경이 되는 감옥 이야기에서도 드러난다. 감옥은 비일상적인 공간이라고 생각되지만 오로빈도는 감옥의 상황 역시 인간 보편의 기호요 상징으로 전환하여 읽는다. "우리 인간은 외계에 대한 감각 안에 갇혀 있는 환경의 피조물이다"라는 말은 인간의 존재 조건 자체가 감옥의 상황과 같다고 말하는 것이다.

인간은 자기감각, 자기이해(self interest)의 감옥에 갇힌 존재다. 자기감각, 자기이해는 인간 조건이다. 오로빈도는 그 자체를 부정하지는 않는다. 오히려 그것이 지닌 강한 추진력을 강조한다. 라자스가 그것이다. 그러나 라자스는 사트바를 위해 발휘되어야 한다. 여기서 자기감각, 자기이해에서 한 단계 상승이 있다. 그러나 오로빈도는 사트바에도 이기주의가 있다고 한다. 자신의 영적 해방에 집착하여 세상사를 외면하는 경향이 있다는 것이다. 그래서 사트바 역시 넘어서야 한다. 이것이 오로빈도가 추구했던 진정한 이상이었다.

그러나 이 책에서 우리가 배울 수 있는 가장 크고 놀라운 교훈은 감옥이라는 최악의 상황을 고결한 깨달음의 자리로 뒤바꾼, 기적과도 같은 영적 반전의 묘미다.

영국인이 만든 감옥이 바로 그 신성한 수련장(ashram)이었던 것이다. 얼마나 이상한 모순인가. 그동안 나의 친애하는 친구들이 날 위해 많은 좋은 일을 베풀어주었지만, 나를 더 많이 도왔다고 할 수 있는 사람들은 나를 해하려고 하였던 나의 반대자들(내가 적이라 할 이가 없으니 누굴 적이라 하겠는가)이었다. 그들은 나를 감옥으로 떠밀어 구렁텅이로 굴러 떨어지기를 원했다. 그러나 나는 그곳에서 내가 그토록 원했던 것을 얻었다. 나를 향한 영국 정부의 격노가 만들어낸 유일한 결과는 내가 신을 찾았다는 사실뿐이다.

p. 11

난 뜨겁고 간절하게 신을 불렀고, 내 지성이 사라지지 않도록 해달라고 그분께 기도했다. 바로 그 순간 내 존재 위로 부드럽고 서늘한 미풍이 퍼져나갔다. 동시에 열뜬 두뇌는 긴장이 풀어지고 편안한 상태가 되었고 이어 생전 처음 느껴보는 지상의 열락이 찾아왔다. 아기가 어머니 무릎 위에서 아무런 두려움 없이 안전하게 잠이 드는 것처럼 나 또한 세계-어머니(the World Mother)의 무릎 위에 누웠던 것이다.

그날 그 순간부터 감옥에서 겪는 내 모든 고통과 문제가 사라졌다.

pp. 76-77

옥중기라면 보통 알렉상드르 뒤마의 『몬테크리스토 백작』류의 괴이하고 극한적인 감옥의 상황들을 일종의 이국異國적 취미 비슷하게 읽는 것으로 생각하게 마련이다. 그리하여 한편으로 지금 내가 거기 지옥 같은 감옥 안이 아니라, 여기 안온한 바깥에 있음에 안도한다. 그러나 오로빈도의 감옥 이야기는 '내가 지금 묘사하는 감옥의 이 모든 상황이 바로 당신이 지금 서 있는 그 자리, 그 순간, 그 상황에 대한 이야기요'

라며 반대의 효과를 발한다. 그래서 앞서 말한 것처럼 오로빈도의 감옥 이야기는 인간 보편적 상황의 알레고리로 읽힌다. 우리에게 익숙한 신영복의 『감옥으로부터의 사색』, 황대권의 『야생초 편지』도 그런 이야기라고 볼 수 있다.

오로빈도가 "그 날 그 순간부터 감옥에서 겪는 내 모든 고통과 문제가 사라졌다"는 엄청난 이야기를 너무도 담담하게 전할 때, 그리고 또 "그 고통들은 연꽃잎에 떨어지는 물방울처럼 아무런 흔적도 남기지 못했다"고 말할 때, 우리는 감옥 안의 오로빈도 한 개인의 승리가 아니라, 자기감각의 감옥에 갇힌 인간 조건을 넘어선 인간성의 위대한 승리를 보게 된다. 우리 내면의 깊은 중심에 주어져 있었던 것이나 오랫동안 잊고 있던 무엇, 바로 '잃어버린 마음' 또는 '잃어버린 영성靈性'을 다시 발견하게 된다.

이 책은 우리를 단번에 인도 현실의 깊숙한 곳으로 안내한다. 이 책을 옮기면서 역자는 그동안 우리가 인도를 너무나 피상적으로 알아왔음을 부끄럽게 생각하였다. 대부분의 한국 사람들이 지닌 '명상의 인도'라는 이미지에는 실제 현실의 인도가 없다. 이 책은 힌두이즘이 어떻게 현실 속 인도인들의 정치, 경제, 사회적 삶과 연결되어 있는지를 잘 보여준다. 21세기는 친디아의 세기라 한다. 신비화된 반쪽 인도가 아니라 인도의 생생한 현실의 전체 그림을 볼 수 있어야 한다.

생각해보면 우리와 인도의 인연은 불교를 통해 깊다. 불교와 힌두교는 한 형제나 다름없다. 종교를 떠나 우리와 인도는 아시아의 일원이다. 가까운 일본만 해도 인도학 수준이 매우 높다. 우리가 인도의 실체에 더 가까이 다가가는 것. 그리하여 인도에 대한 관심과 연구의 기운을 불러일으켜보자는 것. 이 책을 옮기는 마지막 이유일 것이다.

2. 이 책을 옮기게 된 인연

옮겨놓고 보니 옮기기까지 이 책과 얽힌 그동안의 여러 일들이 결코 예사롭지 않은 인연들의 연속이지 않았었나 싶다. 내가 이 책을 처음 읽었던 곳은 2008년 7월 남인도, 오로빌(Auroville)이었다. 2008년은 나중에 생각해보니 오로빈도의 앨리포어 재판이 있었던 지 딱 100년이 되는 해이고, 오로빌이 세워진 지 40년이 되는 때이기도 했다.

열대의 붉은 땅, 그러나 7월의 밤엔 바람이 많고 비도 뿌렸다. 오로빌은 바로 이 책의 주인공 오로빈도(Aurobindo)를 기리는 마을(ville)이라는 뜻이다. 대안적 방식으로 살아가는 곳들을 방문하여 연구조사하는 기획 프로그램의 일환이었다. 방문 중 하루 시간을 내어 오로빌 인근 폰티체리의 '스리 오로빈도 아쉬람'을 방문했다. 이곳 서점에서 몇 권의 책을 샀는데 그중 가장 먼저 뽑았던 책이 바로 이 텍스트였다. 그리고 바람 많던 오로빌의 7월 밤, 잠 못 이루고 뒤척이며 이 텍스트를 읽었다.

얇고 소박하게 장정된 그 책의 표지엔 오로빈도가 수감되어 있던 감옥의 흑백 사진이 있다. 제목은 *Tales of Prison Life*, 즉 감옥 이야기. 책 제목과 그 강렬한 흑백 사진 때문에 이 텍스트에 맨 처음 손이 갔다. 오로빌에 방문하기 위해 사전 조사를 하면서 그가 젊은 시절 인도 독립운동을 했던 '운동가' 출신이라는 정도는 알고 있었다. 그러나 그 당시 그에 대한 인상은 이 세상 너머에서 노니는 인도의 많은 구루 중 좀 특별한 수퍼 구루, 그 이상도 이하도 아니었다. 오로빌을 소개하는 자료들이 가진 문제 때문일 수도 있다. 그걸 보면 오로빈도는 인간보다는 신에 가까운 사람 같았고 으레 그러려니 했다. 인도의 구루들, 괴상한 자세로 요가를 하고, 보통 사람들의 상상을 넘어서는 놀라운 신통력을 가진 사람들. 그래서 뭐가 어떻단 말인가? 그중 널리 알려졌고, 또 그만큼 세련된 요기인 크리슈나 무르티만 해도 그렇다. 대단한 현자요, 글로벌 멋쟁이지만, 그가 엄혹한 현실을 실제로 바꾸어놓은 것이 무엇인가? 오로빈도라고 해서 무엇이 크게 다를까?

많은 영문판 인도철학 개설서들이 인도의 현대철학을 대표하는 이로 이 책의 주인공 오로빈도와 『인도 철학사』로 유명한 라다크리슈난을 꼽는다. 오로빈도는 그만큼 현대 인도를 대표하는 철학자다. 그렇다 해도, 역시나 그래서 어떻단 말인가? 인도 철학이란 (당시까지의 생각으로는) 늘 현실의 비참을 부정하고 고쳐나가려 하기보다는, 좀 심하게 말하자면, 오히려 그 비참을 힌두적 진리의 증명 근거로 삼는 사상 아니던가. (오직 하나 『바가바드기타』만은 참으로 훌륭하다고 생각하고 있었다.) 오로빌에 도착할 때까지만 해도 인도 철학이란 내게 아직 '문 밖에 서성거리고 있는 무엇'에 불과했다. 아무튼 그래도 오로빌이라고 하는, 현실 속에 특별한 공간이 태어나는 데 배경 역할을 했던 사람이라고 하니까 그 정도 선에서 예의상 관심을 가져보는 정도였다. 오로빌 방문 중 일부러 폰티체리를 찾아갔던 건 그 정도의 '예의' 때문이었다.

인도의 바람이 웅웅 부는 밤에 여기 옮긴 이 텍스트의 몇 부분을 뒤적거리다 무엇인가가, 누군가가 내 존재의 문을 두드리고 있는 것을 느낄 수 있었다. 강렬한 무엇인가가 있었다. 오로빈도라는 사람이 새삼 궁금해졌고 아쉬람의 서점에서 산 또 다른 책인 그의 짧은 전기를 먼저 통독했다. 그리고 그가 젊었을 때 가담했다는 운동이 범상치 않은 것이었음을 알게 되었다. 그의 활동은 대충 폼만 재는 독립운동이 아니라 생명을 건 혁명적 해방운동이었다. 그가 요가 수련을 시작했던 이유도 전적으로 운동의 동기와 목적 때문이었다. 그리고 이 책에서 서술되는 앨리포어 재판이 인도 현대사에서 매우 중요한 순간이요 사건이었음도 대강은 감지할 수 있게 되었다. 오로빈도는 구름 속의 구루가 아니었다. 살아 있는 생생한 사건과 긴박한 현실 속에 그의 삶과 사상이 있었다. 갈증이 났다. 곧 바로 여기 옮긴 이 텍스트를 펴서 처음부터 다시 급하게 읽어 나가기 시작했다.

짧은 방문은 금세 끝났다. 오로빌은 매우 인상적이었지만 어느덧 40년의 세월이 흘러 이제 제2의 도약이 필요해 보였다. 전원도시인 오로빌로 들어가기 위해 경유해야 하는 항공 관문인 첸나이의 공해와 소음, 그리고 서민들의 생활상은 끔찍했다. 인도의 압도적인 현실은 오로빈도의 꿈과는 아직 거리가 있어 보였다. 그러나 이 텍스트에 담긴 정신만은 생생하게 남았다. 이 책을 언젠가는 번역해보리라 생각했다. 그러나 이런저런 다른 일들 때문에 차일피일 미뤄놓고 있었다.

그러다 서울(의왕) 구치소로 두 차례 면회를 가게 되었다. 불연간에 세월이 하수상해지다보니 생긴 일이다. 2008년 가을과 2009년 초였다. 면회한 이들은 모두 NGO대학원에서 내가 직접 가르쳤던 학생들이었다. '학생들'이라고는 하지만 모두 30대 후반의 중견 생활인들이요 자기 영역의 전문가들이자, 내 공부 길의 동료들이기도 하다. 한 사람은 〈참여연대〉의 안진걸 씨, 또 한 사람은 〈함께하는 시민행동〉의 정창수 씨다. 안진걸은 촛불시위 주모자로, 정창수는 FTA 협상 관련 문건 유출로 구속되었다. 주모主謀는 무슨 주모이며, 유출은 무슨 유출이란 말인가? 민주화시대에 시민이 자기 의사를 표현하고, 정보 공개의 시대에 국민이 알아야 마땅할 정보를 공개한 것이 죄란 말인가? 마음이 무겁기만 했다. 지난 1980년대 수없이 많은 주변의 가까운 친구들, 선후배들이 감옥에 갔고, 나 역시 10여 년의 세월을 항상 투옥을 염두에 두고 각오하듯 살았다. 보안사 안가安家로 끌려가 투옥보다 모진 경험을 하기도 했다. 그러나 지금이 어떤 시대인가? 그런 시절은 이제 영영 끝난 줄 알았는데…… 내 생각이 틀렸나? 잘못 가르쳐왔나? 지금 이 현실은 도대체 무엇이란 말인가? 우울했다.

그러나 서울 구치소의 그 두꺼운 플라스틱 유리를 사이에 두고 무거운 표정으로 앉아 있을 순 없었다. 되도록 밝은 표정으로 좀 웃겨주려 했다.

"잘 알겠지만 독재시절에 학생들이 감옥에 많이 가면 일류 대학이라 했잖아? 이제 당신 때문에 NGO대학원이 확실한 일류로 뜨고 있어!"

그렇게 웃고 나면 꼭 오로빈도 이야기를 하게 되었다. 왠 인도 사람? 그것도 옛날 사람? 생각하였을지 모르겠지만, 어쨌거나 투옥의 역경을 행복한 해탈로 바꾼 사람이 있더라고 말해주었다. 조금이라도 위안이 되겠나 싶어서 말이다. 그러나 돌아 나오는 발길은 무겁기만 했다. 특히 2009년 초 면회 때 더 그랬다. 면회 시간이 끝나고 일어서면서 "낙관적으로 생각하고 견디겠습니다" 하며 그는 웃어 보였지만 표정은 어두웠다. 그래서 말했다. "견디지 말고 즐겨" 그렇게 해서 한 번 더 같이 웃고 돌아서긴 했지만 속마음은 갑절로 무겁고 착잡했다. 그 순간 결심했다. 이제 번역을 시작해야겠다. 그날 바로 연구실로 돌아와 번역에 들어갔다.

번역에 박차를 가하게 한 또 한 분이 계신다. 그러고 한 달 쯤 지났을까 우연히 대선배이자 마음 속의 한 분 스승이신 최병권 선생님과 오랜만에 만나 이런저런 이야기를 즐겁게 나누던 중에 이 책을 번역하고 있는데 다른 일이 많아 아주 조금씩 천천히 하고 있다고 말씀드렸더니, 대뜸 특유의 경상도 억양으로 "내가 하께!" 하시는 것이었다. 여러 외국어에 달인이신 대선배께서 자청하시니 기쁘지 않을 수 없었다. 이 책의 중심인 〈앨리포어 감옥 이야기〉는 내가 직접 옮기기로 하고 뒷부분의 짧은 에세이들을 부탁드렸다. 그러고 난 손을 놓고 있는데 불과 보름 만에 훌륭한 초벌 번역을 보내셨다. 환갑이 한참 지나신 연세에! 부끄러운 마음이 들었다. 이 일을 마무리하도록 날 분발하게 해주셨다. 그러고 나서는 또 공역자로 선생님 이름을 절대 넣어서는 안 된다고 거듭 당부하신다. 왜 안 되냐 해도 막무가내시다. 좋은 뜻이 널리 퍼지는 데만 관심이 있으신 분이다. 내게 남은 일은 보내주신 초벌 번역을 원문과 대조하여 세심히 재정리하는 일이었다. 2009년 4월 조사, 번역, 해설 등 모든 작업을 마칠 수 있었다. 책을 출판하면서 많았던 역주는 모두 빼고 일부는 본문 안으로 섞어 넣었다. 최종 번역의 모든 책임은 전적으로 나에게 있다.

그다지 길지 않은 텍스트를 옮기면서 결코 짧지 않은 역자 후기와 해설을 붙인 셈이다. 텍스트가 그만큼 비범했기 때문이다. 또 옮긴이에게 그만큼 큰 영향을 주었기 때문이다. 이책의 한 줄 한 줄을 옮기는 과정이 커다란 마음의 위안이 되었음을 고백한다. 특히 엄혹한 시련과 역경을 빛나게 극복해 가는 기적과 같은 장면들을 옮기면서 나는 거듭 기쁨의 전율에 젖곤 했다. 다 옮겨 놓고 난 후에도 마음이 어지러울 때면 그 대목들을 찾아 다시 읽곤 하였다. 그럴 때마다 한 번도 실패하지 않고 마음을 평안하게 다스려준다. 신기한 일이다.

이제 내게 이 책은 단순히 수많은 여러 책 중의 하나가 아니라 내 마음이 힘들 때 의지하는 소의경전所依經典의 하나가 되었다. 그러니 이 특별한 텍스트에 뭔가에 홀린 듯 혼신을 다해 해제와 후기를 써서 그 뜻을 미력이나마 풀어보려 하였던 것도 내 마음의 어찌할 수 없는 요청이요 충동이 아니었겠나 싶다. 내가 특별한 종교가 없는 사람인데 오로빈도에 관해 뭔가 말할 때면 무언가 종교적 희열과 흡사한 열정을 비치는 모습을 보고 아내가 날 놀리곤 하였던 것도, 다 어쩔 수 없는 일이다. 아내가 놀릴 때마다 어린 딸도 웃고 나도 웃는다. 그러면서 모두가 한바탕 웃게 된다. 아내가 날 놀릴 때 쓰는 "오로빈도! 오로빈도!" 하는 독특한 억양과 두 손을 들어 하늘로 키스를 날리는 정말 그럴 듯한 경배의 몸짓은 글로 다 표현하기 어렵다.

3. 잃어버린 영성을 찾아서

내면 깊은 곳에서 우러나오는 기쁨을 이 시대는 잊어가고 있다. 그 기쁨은 고요하고 깊다. 그것은 눈앞에 명멸하는 겉모습, 자기이해와 자기욕망으로 얼룩진 상相들을 괄호 안에 묶고 서서히 지워갈 때 자신의 내부, 알려지지 않았던 깊은 곳에서 묵직하게 떠오르는 기쁨이다. 나라야나(Narayana). 진정한 자아의 기쁨이다. 이때 비로소 산은 산이요, 물은 물일 수 있다. 그러나 반대로 이 시대를 호령하는 자본의 우상은 눈앞의 상相 이외를 생각하는 것이야말로 거대한 착각이요 기만이라고 강요한다. 지금 당신의 눈을 사로잡는 현란한 형상들, 이 순간 당신의 욕망을 자극하는 수천, 수만 개의 미세하고 정교한 낚시바늘들. 여기에 몸을 내맡기라 한다. 여기에 행복이 있고 웰빙이 있다고 한다. 현란한 형상들을 늘리고, 욕망의 낚시 바늘들을 늘리는 것을 발전이라 한다. 이 모든 상들에 철저히 집착하여 상들이 가하는 자국들, 흔적들로 얼룩질수록 세련되었다 한다.

그러나 자기 눈앞의 그 어떤 상相도 "연꽃잎에 떨어지는 물방울처럼 아무런 흔적을 남기지 못했다"고 말하는 사람이 있다. 바로 목전에서 시대의 가장 무시무시한 권력자들이 자기의 생명을 끊을 것인가 붙여둘 것인가를 다투고 있을 때, 그 장면을 담담히 바라볼 수 있었던 사람이 있다. 그 절체절명의 순간에도 그의 내면에는 깊은 기쁨이 타오르고 있었다. 오늘의 세상이 상에 사로잡혀 갈수록 내면의 기쁨이 태워 올리는 그의 촛불은 오히려 더욱 빛을 더하는 것이 아닌가. 그래서 나와 같이 평범한 사람의 내면에도 기쁨의 전율을 줄 수 있는 것 아닌가. 모든 인간의 내면에는 그런 정화의 촛불이 켜져 있다고 믿는다. 우리가 오로빈도의 이야기에 공감할 수 있는 것도 그 때문일 것이다. 그 촛불을 완전한 빛으로, 영원한 빛으로 부단히 노력하며 일구어간 것. 이 점이 오로빈도의 위대함일 것이다.

이 글을 옮긴 이유가 '잃어버린 마음을 찾아서'라고 했다. 더 정확하게 말하면 우리 안의 영성靈性을 일깨우는 바가 있어서이다. 영성이란 앞서 말한 '인간 내면의 정화의 촛불'에 다름 아니다. 왜 새삼스럽게 영성인가. 역자 나름의 긴 우회로를 돌아 다시금 생각하게 된 것이 사람들이 추구하는 바의 진실성과 간절함이다. 웬만큼 살게 된 우리의 오늘을 다시 보니 눈앞의 내 이익만 공격적으로 찾는 라자스만이 창궐하고 있다고 썼다. 남을 생각하는 마음이 없다는 것을 조그만 깊이 들여다보면 자신을 살피는 마음도 사라지고 있는 것이다. 남이 사라지면 나도 사라진다.

오로빈도는 우리 인간이 '외계의 감각에 갇혀 감옥살이를 하는 수인囚人'과 같다고 하였다. 외계의 감각이 주는 물질적 욕망을 추구하는 것이 인간 조건이기는 하다. 그러나 그러한 욕망에 집착하여 완전히 몰입하였을 때, 인간은 감옥에 갇힌 자와 다름없는 존재가 되고 만다는 것이 오로빈도가 말하는 바일 것이다. 그때 우리 마음 안의 촛불, 영성은 꺼진다. 마음의 불이 꺼진 눈 뜬 장님이 되어 눈앞의 현란한 자극만을 무한히 좇게 될 뿐이다. 그 현란한 자극이, 그 현란한 자극을 좇는 주체가 자기라고 생각하지만 그것은 손아귀에 힘을 줄수록 손가락 틈으로 빠져 나가는 모래알과 같다. 공허한 것이다.

'영성'이라는 단어는 조심스럽게 써야 할 말이다. 현실을 외면하고 눈을 감는 것은 오히려 영성과 무관하다. '영성'이란 현실의 도피처가 아니다. 반대로 현실을 가장 깊이 대면하고 음미하는 것이 영성이다. 현실 밖에는 자신도 타인도, 그리고 영성도 없다. 눈앞에서 전개되는 현실의 고통과 모순을 내면의 가장 깊은 곳으로 끌고 들어와 그 의미가 지닌 맥락을 무욕하게 짚어갈 때 우리는 비로소 영성의 영역에 들어서는 것이 아닌가 생각한다. 오로빈도의 이 책이 감동을 주는 이유가 바로 거기에 있을 것이다. 오로빈도의 영성은 항상 현실 모순의 집중점, 가장 치열한 삶의 한가운데서 피어오르기 때문이다.

이웃을 위한 선한 뜻도 소진(bum out)되어 갈 바를 잃고 헤맬 수 있다. 운명의 유희(Lila)로 인하여 역자가 선생 노릇을 하고 있는 NGO대학원에도 그런 상태에 이른 착한 젊은이들이 재충전을 위해 많이 입학한다. 불의를 바로잡고 어려운 처지의 이웃을 돕기 위해 이런저런 단체들에서 오랜 시간 헌신했지만 막상 그 모든 것이 무엇을 향해 가고 있는 것인지 막연해질 때가 있다고 한다. 몸 바쳐 헌신할수록 자신의 내면이 텅 비어가는 것만 같다는 가슴 아픈 호소도 듣는다.

그러나 헌신이 나를 버리는 것은 아닐 것이다. 진정한 헌신이란 반대로 나를 채우는 일일 것이다. 인도 철학의 언어로는 '작은 나(yana)'를 넘어, '큰 나(Narayana)'에 이르는 일일 것이다. 이것은 언어유희가 아니다. 이웃을 돕는 것이 이웃이 원하는 자기 이익의 만족을 채워주는 일로 그치는 것이라면 그 일은 결국 라자스의 충족을 대리수행하는 것에 지나지 않는다. 그러한 대리인의 역할은 결국 스스로 라자스의 공허에 빠질 수밖에 없다. 타인의 라자스를 충족해 자신의 라자스를 추구하는 것도 마찬가지다. 자신이 더 많은 욕망의 충족을 위해 달리는 게임의 일부가 된 것은 아닌지 당혹스럽게 된다. 바로 이 지점에서 우리는 오로빈도를 만난다. "라자스를 넘어 사트바에 이르고, 사트바에 이르면 사트바를 넘어라."

이 책을 한 번 읽고 내던져 놓지 말고 마음이 힘들 때나 호젓할 때 다시 펼쳐 다시 보시길 권한다. 깊은 기쁨과 위안, 그리고 용기를 드릴 것이다.

이 책 속의 오로빈도는 항상 즐겁고 유쾌하다! 아무리 힘들고 어려운 상황에서도, 아무리 심각한 주제를 다룰 때도, 오로빈도의 경쾌한 유머 정신은 그 날카로운 빛을 잃지 않는다. 온 우주를 가슴에 품은 인간의 기상이다.

앨리포어 감옥 이야기

벵골어로 씀. 월간 *Suprabhat*에 1909–1910년 사이에 발표.
영문 번역은 1968년 *Sri Aurobindo Mandir Annual*에 실렸
다. 번역자는 시시르 고슈(Sisir Ghosh).

감옥과 자유

벵골어로 씀. 1909년 잡지 *Bharati*에 발표. 영문 번역은
1968년 *Sri Aurobindo Mandir Annual*에 실렸다. 번역자는
불명.

인도민족의 이상과 세 가지 기질

벵골어로 씀. 1909년 잡지 *Dharma*에 발표. 영문 번역은
1968년 *Sri Aurobindo Mandir Annual*에 실렸다. 번역자는

스리 오로빈도 아쉬람의 아리빈다 바수(Arabinda Basu).

새로운 탄생

벵골어로 씀. 1909년 잡지 *Dharma*에 발표. 영문 번역은 1968 년 *Sri Aurobindo Mandir Annual*에 실렸다. 번역자는 불명.

우타파라 연설

영어로 연설함. 1909년 콜카타 일간지 *The Bengalee* 6월 1일 자에 게재. 오로빈도가 상세히 교정하여 1909년 6월 19일자 *Karmayogin*에 발표.

지은이_ **오로빈도 고슈**Aurobindo Ghose

인도 독립운동가, 시인, 철학자, 정치가이자 높이 추앙받는 영적 구루. 1872년 벵골에서 태어났으며 일곱 살 때 영국에 유학하여 1892년 케임브리지대학 킹스 칼리지를 뛰어난 성적으로 졸업했다. 인도로 돌아와 바로다대학과 벵골대학 부학장을 지냈으며 인도 독립운동 과정에서 앨리포어 감옥에 1년간 수감되었다. 감옥에서 나온 이후 실천적인 요가수행을 제창했으며, 1950년 인도 남부 폰티체리에서 서거했다. 현재 인도 각처에 그를 기리는 공동체가 여럿 있으며, 우리나라에는 오로빌이 여러 매체에 소개되었다.

옮긴이_ **김상준**

서울대학교와 컬럼비아대학 졸업(사회학). 현재 경희대학교 교양학부장과 공공대학원(전 NGO대학원) 교수이다. 저서로 『미지의 민주주의』(아카넷) 등이 있다.